ベリーズ文庫

離婚まで30日、冷徹御曹司は昂る愛を解き放つ

木下杏

STARTS
スターツ出版株式会社

目次

離婚まで30日、冷徹御曹司は昂る愛を解き放つ

特別書き下ろし番外編

離婚まで30日、
冷徹御曹司は昂る愛を解き放つ

プロローグ

「俺たち、結婚しよう」

「はっ……？」

その整った顔から出し抜けに発せられた言葉に、果菜《かな》はぽかんと口を開けた。

（今……結婚って言った？）

それは、果菜にとって、あまりにも突拍子もなくて。

言葉の意味を理解するのに時間がかかり、呆然と瞬きを繰り返してしまう。

なぜなら、目の前にいる男性は、残念ながら果菜の恋人――というわけではなかったから。

そして、今果菜がいる場所は、ハイエンドなホテルにある高級レストランの個室の中ではあるが、ふたりはデート中な訳でも決してない。

むしろ、果菜が今自分にプロポーズした男性――芦沢遼《あしざわりょう》とまともに話したのは、つい先ほどが初めてなのである。

彼は果菜が勤める会社の取引先の専務取締役。業務上必要があり、少しばかり言葉を交わしたことはあったが、記憶に残るほどの接触ではない。つまり、顔見知りでさえなかったのだ。

しかも彼は、芸能人といっても通用するような端整なルックスの持ち主で、容姿も中身も平凡な会社員の果菜との間には、大いなる格差がある。

――そんな完璧な彼と、自分が結婚？

果菜はフリーズしたまま、遼の顔をまじまじと見た。

「け、けけけけ結婚⁉」

あり得ない。そんなこと、絶対にあり得る訳がない。

やっと現実に戻った果菜の口から素っ頓狂な声が飛び出す。衝撃のあまり、わなわなと唇が震えた。

しかし、驚きのあまりひっくり返りそうになっている果菜とは対照的に、爆弾発言をした当の本人は表情ひとつ変えずに冷静そのものだった。

切れ長の目で観察するように果菜をじっと見ている。

それが、果菜の困惑を更に煽《あお》る。と、その時、突然、遼がふっと笑った。

「な、なんで笑って……」

今ここで笑うのは場違いに感じられて、果菜は思わず非難めいた声をあげた。ひくひくと頬が引き攣《っ》ってしまう。

しかし、その一方で、果菜は自分の鼓動がどきっと強く跳ね上がったのを感じていた。

そんな場合ではないのに、不意に見せた遼の笑顔に、一瞬ときめいてしまったのだ。

（だ、だって、急に笑うから……！）

果菜は今までに遼の笑顔なんてほとんど見たことがなかった。いや、正しくは、遼の今までの評判から、笑ったりなんてしないと思っていた。

遼の顔は整っているが、目元が切れ上がっているせいかどちらかというと冷たさが感じられる顔立ちだ。それが、笑うことによってその印象が崩れ、やたらと魅力的に見えてしまった。

（いやいや、こんな時に何を考えて……！）

必死に突っ込みを入れて、果菜は何とか自制心を保とうとする。そうなのだ。今はそれどころではない。イケメンにプロポーズされるという、自分の人生に二度とないようなシチュエーションではあるが、それは純粋なものではなく、絶対に何か裏があることはわかっている。

遼はひとりでわたわたしている果菜を見ながらくすりと笑うと、「悪い。そういう意味じゃない」と言った。

　じゃあどんな意味なんだと思いながらも、彼のダメ押しの笑みで何と返していいのかわからなくなった果菜が物問いたげに黙ると、遼は笑いながら否定するように軽く首を振った。

「いや、理性的なタイプだと思っていたから。意外と感情豊かなんだな」

「はっ？」

（な、なに？　どういうこと？）

　もはや果菜の頭の中はクエスチョンマークだらけだ。

　そこで、果菜がだいぶ混乱していることに気付いたのか、遼は笑みを消した。

　仕切り直すように表情を真面目なものに戻す。その雰囲気に、果菜はまた遼がとんでもないことを言おうとしているのではないかと思って身構えた。

「もちろん普通の結婚じゃない。契約結婚、といえばいいのかな。お互いの利益のために一定期間、結婚する」

「お互いの……利益？」

　遼の口調は淡々としていたが、その眼差しは強く、強い意志を感じられた。

　果菜はまるで捕らわれたように、その眼差しから目を逸らせなくなった。

第一章　契約結婚のはじまりと今

「え〜うそ、なんで動かないの」

芦沢果菜は沈黙したまま、微動だにしなくなったお掃除ロボットを前に、困り顔で首を捻っていた。

「せっかく助けてあげたのに」

狭い場所にはまりこんで困っていた様子だったから、持ち上げて広い場所まで運んであげたというのに、それ以後、お掃除ロボットは一切の反応をなくしスイッチを押しても起動する様子がない。果菜は諦めたように息を吐いた。

「こういう時の対処法は……」

仕方なくといった様子でスマートフォンを取り出し画面を見つめる。しかし、求めている情報にはなかなかたどりつけず、果菜は眉を顰《ひそ》めた。

その時、果菜のいるリビングの扉が、何の前触れもなくがちゃりと開いた。

果菜は扉が開かれるまでその人物の帰宅に気付いていなかった。少し驚いた果菜の肩が揺れる。

「ただいま」

「あっおかえりなさい」

聞こえてきた男性の声に果菜は顔を上げて、すぐに扉の方を振り返った。

果菜と暮らす男性はひとりしかいないので、顔を見なくても誰かはわかっていた。

想定通り、ネクタイを緩めながら入ってきたのは、果菜の夫である芦沢遼だ。

遼はそのおそろしいほど整った顔に若干の疲れを滲ませながら、リビングの中ほどにいる果菜の近くまで歩いてきてその顔を覗き込んだ。

「どうした？」

「なにが？」

何に対してどうしたと言われているのかよくわからなくて果菜は首を傾げた。

「何かまたトラブル起こしてるんだろ。そういう顔してる」

「トラブルってほどじゃないけど……」

なかなかに鋭い遼の指摘に、果菜は曖昧に答えながら足元で沈黙しているお掃除ロボットにちらりと視線を向けた。

果菜の目線を追いかけて、遼も同じように足元に目を向ける。

「またこれ？　動かなくなった？」

その呆れを含んだ口調に果菜は困ったように目を瞬いた。

「別に変なことはしてないよ？　あっちではまって動けなくなってたから助けてあげただけで。そしたら動かなくなっちゃって……」

しどろもどろに言い訳めいたことを口にする。ちらりと遼を見ると、仕方ないなといわんばかりの表情をしていた。果菜は思わず誤魔化すような笑みを浮かべた。

「再起動は試した？」

「一応。でも全然反応がなくて……」

遼はお掃除ロボットの上に屈み込むと、一回、二回と何度かスイッチを押す。するとピコンと電子音が鳴って、ゆっくりとお掃除ロボットが動き出した。

「え、なんで⁉　私の時は全然反応しなかったのに……！」

果菜はその光景を見て驚きの声を上げた。掃除をし直そうとしているのか、のろのろと去っていくロボットの姿を呆然と見送る。

「どうせ力任せに押してたんだろ」

立ち上がった遼が呆れたように息を吐く。

「そんなこと……ないと思うけど」

果菜はどこか自信なさそうに答えた。

それには、理由があった。

「果菜はすぐ壊すからな」

「……その節はすみません」

気まずそうに答えるのを見て、遼がふっと笑う。

果菜は機械オンチなのだ。特に高性能の家電とか電子機器の操作が苦手ですぐにエラーになってしまう。説明書を読んで試しているつもりでも、見当違いのことをしているケースがよくあった。

しかも、果菜のその性質は、機械の操作だけでなく日常生活でもちょいちょい顔を出し、遼を何度となく呆れさせてきたから猶更だ。果菜はいわゆるおっちょこちょいなところがあって、自分でも頭を抱えたくなる失敗をたまにやらかしてしまうのだ。

「別にいいけど。家事が大変だったらハウスキーパーが来る回数を増やしてもいい」

「いや、大丈夫。今のままで、十分」

遼の言葉に、果菜は取り繕うような笑みを浮かべながら首を振った。お気遣いなくというように、小さく手を上げる。

（そっちはハウスキーパーなんていいて当たり前かもしれないけどさ……家にいつも人がいるのは気を遣うのよ）

現在、ふたりが住んでいるマンションには、週に二回ほど、ハウスキーパーが訪れて家の掃除などをしてくれている。

結婚当初、遼からは毎日ハウスキーパーに来てもらって掃除から食事まですべての家事を任せようと提案があった。しかし、果菜はそれを断った。

毎日家に他人がいるなんて絶対落ち着かないと思ったのだ。そうでなくてもその時は、よく知らなかった遼と突然に一緒に暮らすことになって、これ以上イレギュラーな状況は避けたいという気持ちもあった。

家事ぐらい自分でやると思ったのだが、如何せん果菜ひとりで管理するにはこの家は広すぎた。何せトイレやバスルームだけでもそれぞれ三つぐらいあるのだ。仕事もしている果菜がすべての家事を担うのは無理があるということで、週二回、来てもらうことで落ち着いたのだった。

ちなみに、遼と家事を分担するというのは現実的ではない。彼はなかなかに忙しい立場にあるし、何より、自らそんなことをするような存在ではなかった。

——芦沢遼、三十三歳。大手スポーツ関連メーカー、『アスト株式会社』の専務取締役。

アストはスポーツ用品において、国内での売上高第一位を誇る会社だ。加えてその事業内容はスポーツ用品だけに留まらず、アウトドアブランドやファッションブランドの展開、フィットネスクラブやスポーツ施設、更にはレジャー施設の運営まで幅広く手掛ける、誰もが知る超有名企業だ。

そのアストの現・代表取締役は遼の父親の雄一《ゆういち》で、遼はいわゆる御曹司だった。

「そう？　まあどっちでもいいけど」

本当にどちらでも良さそうに素っ気なく言った遼に、果菜はひとまずほっとする。

超上流家庭で育った遼と、ごくごく一般的な家庭出身の果菜は、価値観に相違がある部分が多々あり、その度に果菜は戸惑いを覚えてきた。

しかも結婚前、果菜は遼のことを、その優秀さと引き換えに人間的な情の一切を捨てた非情な男だと思っていたから、猶更だった。

――まあ、実際は違っていたのだが。

結婚生活を送るうちに彼の人柄を知って、そんな人ではないということは、今では十分わかっていた。意外なほど果菜を尊重して、譲ってくれることも。

「……もう壊さないように、気を付けます」

果菜は神妙な顔をして呟いた。本心だった。これ以上、ドジを晒して遼に呆れられたくない――。

「別にいい。慣れたし」

「そっ……」

そんな風に言わなくても。

果菜にとってはものすごく真剣に言ったつもりだったのに、遼の取り合う様子のない言葉に、思わず口を開きかける。

しかし、果菜が言葉を続ける前に遼がふっと笑った。

「俺がいるからいいだろ」

ドクン、と果菜の鼓動が大きく脈打った。

（笑ってそんな風に言うなんてずるい）

うっかりときめいてしまうではないか。自分たちは本当の夫婦ではないのに。

果菜は、思いがけず少し赤くなってしまった顔を隠すように俯いた。

本当はこんな反応を見せてはいけないのに。

自分たちは契約結婚。お互いに、特別な感情を持つことは禁じたはずだった――。

＊＊＊

果菜が遼と初めて会ったのは、果菜が勤める大手繊維メーカー、『ＭＩＫＡＳＡ』の本社が入るビルの一階、受付前だった。

果菜は昔も今もＭＩＫＡＳＡの総務部で働いている。しかし、当時、結婚、産休、病気など、理由は様々だったが退職や休職、異動が相次ぎ、一時的に秘書課が人手不足に陥ってしまっていた。

それで、総務部の女子社員が秘書課のサポートに入ることになり、果菜も総務の仕事の傍ら、人手が必要な時に秘書課の業務を手伝っていた。

その日も果菜は秘書課の業務を行っていて、社長宛の来客案内を仰せつかっていた。似たような業務は何度か経験していたが、果菜は少々緊張していた。今回案内するのは何と言っても社長のお客様だ。

お客様をスムーズにお出迎えするために、入口付近で待ち構えて社長室まで案内する。

ただこれだけの内容であったが、その少しの間でも失礼があったら大変だ。自分におっちょこちょいなところがあるのをわかっている果菜は、常日頃から仕事中は気を張るようにしていたが、その時は特に自分を戒めていた。

それは案内する相手が、「アスト株式会社の専務取締役」と聞いていたことも理由のひとつだった。

当時、ＭＩＫＡＳＡは新素材の開発に成功していて、その新素材を使った新しいスポーツウエアのブランドを、アストと共同で立ち上げるプロジェクトが進められていた。

その始まりにあたり、業務提携を結ぶために当時新プロジェクトの担当役員だった遼が来社したのだった。

その時はそこまでの詳細は知らなかったが、超大手企業のアストの役員が来社するのだ。何やら重要な用件なのだろうということは、その雰囲気から察していた。

その日は朝から小雨が降っていた。そんな中秘書を伴って現れた遼は、おいそれとは近付けない圧倒的なオーラを纏っていた。

大企業の役員と言うからには、もっと年上の人間だと思っていたため、果菜はその若さに少々驚いた。

「芦沢様。お待ちしておりました。ご案内させていただきます」

しかし、その驚きを顔に出すことは失礼にあたると理解していたため、表情筋を精一杯引き締めて、至極真面目な表情を作っていた。

完全なる案内役に徹して一切の無駄な動きもなくエレベーターから社長室までたど

り着き、その扉をノックした。

「アスト社の芦沢様がお見えになりました」

「はい」

中から社長秘書の男性が出迎える。案内が無事に完了すると、その後お茶出しと、タオルの用意までして果菜は下がった。遼の秘書の鞄が雨で少し濡れていたことに気付いていたからだった。

来客が終わればまた片付けのために呼ばれるだろう。果菜はそう考えて、ひとまず総務部に戻るためにエレベーターに足を向けた。

「大丈夫でした？」

自席に戻ると、待ちかねたように隣の席から声が掛かった。果菜は椅子に腰を下ろしながら苦笑いを浮かべた。

「なんとかね」

隣の席に座るのは、同じ総務部の石川舞花《いしかわまいか》だ。舞花は、二十九歳である果菜の三つ下の二十六歳。見た目からしてとてもキラキラした女性である。

いつもきっちりとヘアアイロンでカールされた髪。ぱっちりとした目は控えめな配色ながらも見事なグラデーションのアイシャドウに縁取られていて、まつ毛はくるんと長い。それにフェミニンなワンピースといつもかなり女子力が高い出で立ちをしていた。

「果菜さんがミスる訳ないか。私じゃあるまいし」

肩を竦《すく》めながら言われて、果菜は何と返していいかわからず曖昧に笑った。

(なんか、勘違いされてるんだよなあ……私そんなに大して仕事できるわけじゃないのに)

これは果菜の昔からの悩みの種でもあった。なぜだかわからないが、学生時代から果菜は「しっかり者」だと勘違いされてしまうことがよくあった。

果菜自身は自分を「おっちょこちょい」「うっかり者」「ドジ」あたりの類だと思っている。けれど妹がふたりいて、長女ということもあってか責任感だけは割とある。だから仕事や、学生時代だと係や委員といったことに対して、しっかりこなさくてはいけないという意識が強かった。

しかし、もちろん完璧にはできない。自身の能力以上のことをしようとして、何度か痛い目を見て、果菜も学習した。

大事なのは事前準備である。勢いでいきなりやろうとするから、想定外の躓《つまず》きが出てそれに慌て、連鎖的にミスが発生して大きなポカに繋がるというのが果菜のやりがちなパターンだった。

仕事に限れば業務はマニュアル化されていたし、何度も経験すれば自分が躓きがちなポイントもわかる。

幸いにも入社してから部署異動がなかったことで、業務への理解はかなり深まった。そのおかげで自分なりの対処法を編み出すことができ、果菜は仕事上での「うっかり」をだいぶ減らすことに成功していた。

しかしそれは致命的なミスをしないというだけで、決して仕事が「デキる」訳ではない。

しかし、果菜から三年遅れて総務部にきた舞花は、果菜の最初の頃のあたふたぶりを知らないせいか、落ち着いて仕事をこなしているように見えたらしい。もしかするとそれは、果菜の見た目にも関係しているかもしれなかった。

切れ長の涼しげな目元にすっきりとした鼻筋、薄い唇。

身長も百六十五センチと女性としてはやや高めで、胸もお尻もあまりボリュームがなく、良く言えばすらりとした、悪く言えば貧相な体つき。

だから舞花のようなフェミニンな格好があまり似合わず、パンツスタイルや、スカートにしても飾り気のないシャツと合わせるなど、シンプルなコーディネートを選びがちである。

思えば昔から「クール」とか「落ち着いている」とか言われがちだったかもしれない。

つまり果菜は、性格と違う印象を与える、変に誤解されがちな見た目なのだ。

「で、アストの芦沢専務どうでした？　超イケメンって噂、ほんとでした？」

周囲を窺う様子を見せつつ、トーンを落とした声でそう聞いてきた舞花は、好奇心剥き出しの表情をしていた。

果菜はそんな舞花を見て、虚を突かれたかのように目をぱちぱちと瞬いた。

「え？　ああ。そう言えば格好良かったかも」

言われて思い出してみれば、件の「芦沢専務」の顔がぼんやりと脳裏に浮かぶ。確かにその顔は整っていてイケメンだったかもしれない、と果菜は今更ながらに思った。

「反応薄すぎません⁉　芸能人ばりのイケメンだって話ですよ⁉」

ひどく驚いたようなリアクションをされて、果菜は困ったように笑った。

「いやだって、じろじろ見たら失礼でしょ？　案内中はなるべく見ないようにしてたし、失礼がないように気を付けるのに精一杯でそんな余裕ないよ。思ったよりも若かったってことぐらいしか覚えてない」

舞花にとって果菜は「デキる先輩」なのかもしれないが、内情はそれには程遠い。総務部の業務ならまだしも、秘書課の業務にはまだ慣れていないところがあって、業務中、果菜はいつも以上に気を張っていた。

割とちょっとしたことでいっぱいいっぱいになってしまうのだ。けれど、来客応対中にそれを顔に出すことはできない。

落ち着いた振る舞いが求められる。だから果菜的には気を遣うところがいっぱいあって、正直来客の顔まで注意を払っていられなかった。

舞花は少し声が大きくなってしまってまずいと思ったのか、口元を手で押さえながらもひそひそと話を続けた。幸いにも席を外している人が多く、周囲にあまり人はいなかった。

「いや私だったらそれでも見ちゃいますね。目に焼き付けますよ。だって知ってました？　芦沢専務ってあのアストの社長の息子なんですよ。それで若くして専務！　しかもただのボンボンじゃないんですよ。すごい優秀なんですって。何でも、超赤字で取り潰し寸前だったアウトドア部門を立て直して人気ブランドにまで押し上げたのが、芦沢専務らしいんです。それでもって顔面まで強いとなったらもうパーフェクトじゃないですか」

トーンを抑えながらも捲《まく》し立てると、舞花はハンターのようにきらんと目を光らせた。

「まさに私たちからしたら、雲の上のような存在。そんな殿上人を見る機会なんて滅多にないですよ。それなのに、その特上のお顔を拝まないなんて、信じられない。超もったいないですよ、果菜さん。イケメンに興味ないんですか？」

「そういうわけじゃないけど……仕事中はそんなに人の顔面とか気にならないかなあ」

舞花の勢いに気圧されつつも、スリープ状態だったパソコンを起動させながら果菜は言った。

そこまで言われると、すごくもったいないことをしたような気もしてくるが、ただ鑑賞したいだけであれば、イケメンなんぞはそれこそネットで探せばいくらでも出てくるし、それで充分な気もする。

自分と関わり合いになるわけでもない人の容姿を気にして仕事がおそろかになってしまうぐらいなら、それよりも致命的なミスをしないことの方が重要だ。

「果菜さんは真面目だもんなあ……だから今回も案内役任されたんだと思いますよ。芦沢専務、容姿に注目されるの、だいっっきらいらしいですし」

「だい」の部分をやたらと強調して言った舞花を、果菜は驚いたように見た。

「……なんか、詳しいね？」

「アストで働いている友人がいるんです。アストの社内でも、主に女子から、芦沢専務はすごく人気があるらしくて。友人も一度近くで見てまじで格好よかったって言うから、どんだけのイケメンなのか気になるじゃないですか」

「へ、へえ～……なんかすごいね。アイドルみたい」

「芦沢専務」の人気者エピソードに圧倒されつつも、正直に「興味がない」とも言えず、果菜はとりあえず調子だけ合わせた。

すると、舞花はそんな果菜の内心を見抜いたように、「もう」と唇を尖らせた。

「果菜さん関心なさすぎ。でも果菜さんぐらい興味ない人の方がきっと案内役に向いてましたね。さっきも言った通り、芦沢専務は容姿で注目されるのがすごく嫌いで、ちょっとでも女子が近付こうとするとばっさりいくらしいんですよ」

「あ、そうなんだ。確かに近寄りがたい雰囲気がすごかった気がする。気軽に話し掛けられないみたいな」

思い出してうんうんと頷くと、舞花は「やっぱりそうなんですね」と言いながら、更に声のトーンを落とした。

「知ってます？　前に秘書課にいた前沢《まえざわ》さん、芦沢専務のイケメンぶりにやられちゃったらしく、お近付きになろうとして怒らせちゃったらしいんですよ。何でも自分の連絡先渡そうとしたって」

「え……本当に？」

舞花の話に果菜は驚いて目を瞬いた。「前沢さん」を思い出してみると、確かに美人で容姿に自信がありそうなタイプではあった。それにしたって相手は取引先の会社のしかも役員で、おいそれと近付けない雰囲気まで纏っている。

たとえ好きになってしまったとしても、普通に考えたら自重するだろう。そのハードルを乗り越えたというのだから、信じられないと思ったのだ。

「本当ですよ。それで芦沢専務からクレームがきて、慌てて異動させたって話です」

「……そんな事情が。よく知ってるね」

確かに前沢は変な時期の異動で、果菜もおかしいなと思ったのでよく覚えていた。しかし、異動の理由まではもちろん知らない。情報通な舞花に思わず、感心の目を向けた。

「独自のネットワークがあるんで」

得意げな笑みを見せた舞花であったが、すぐにその表情を引っ込めると意味ありげな顔で言葉を続けた。

「まあこれはうちの会社が配慮したんでしょうけど、自社でもそんな感じで煩わしい存在はばっさり排除しちゃうらしいんですよ。仕事でもとんでもなく頭が切れて意思決定のスピードもすごいらしくて、しかもそれが的確で大体はずれなしなものだからマシーンとも呼ばれているらしいですよ」

「マシーン……」

「感情がないって意味も込められてるらしいんです。ほとんど笑ったりもしないって」

果菜の呟きを聞いて付け加えるように言うと、舞花は肩を竦めた。

「やっぱり果菜さんが案内役で正解でしたね。私なんか、危なっかしくて任せられないでしょうし。でもどこまでのイケメンなのか見たかったなあ。ああ〜気になる」

舞花が隣で何やら話していたが、果菜は別のことに意識をもっていかれていた。

（確か、前沢さんってコネ入社の人じゃなかったっけ。うちの役員の関係者だよね。だから秘書課にいたんだろうけど、秘書課って情報流出とかに厳しいし、コンプライアンスの意識が低い人がいると色々と問題があるんじゃ……そのあたりまで見越してクレーム入れたとしたら、確かに切れ者かも）

そんなにすごい人だったのか……と感心していると、横から舞花がつんつんと果菜の腕を突くように指先で触れた。

「果菜さん、なんかマイワールド入っちゃってません？　私の話聞いてます？」

「え？　ああ、ごめん。やだ、もうこんな時間？　そろそろ仕事に戻らないと。世間話はここまで」

そこで果菜は今気付いたという風にわざとらしく時計を見て会話を打ち切った。

元はと言えば自分が話にのらなければよかったのだが、つい興味を惹かれてしまったことを反省しつつ、「はあい」と返事した舞花に微笑むと、果菜は仕事に戻るべくマウスを動かした。

その後、果菜は「芦沢専務」の来社に際して数回、案内役を務める機会があった。

しかし、舞花の話を思い出すと、とてもその姿をまじまじと見る気にはなれない。確かに格好良いなと思った程度に留めて、果菜は案内役に徹した。

会話を交わしたのは、最初の挨拶時と、ポケットから落としたと思わしきものを拾った時だけ。

これはエレベーターを降りる時に最後に振り返ったらたまたま見つけたものだった。おそらく、ポケットから何かを取り出そうとして、気付かずに一緒に落ちてしまったのだろう。メモか何かのようだったが、果菜はあまり見ないようにしてすぐに渡したので、何だったのかはっきりとはわからない。

そんな本当に小さな接点しかなかったふたりが、契約とは言えどうして結婚したのかというと。

その始まりは、果菜が従妹の結婚式に出た日のことだった。

この日、果菜は母の妹の娘である優香《ゆうか》の結婚式に呼ばれて、都内にあるホテルに来ていた。

優香は果菜のひとつ下の二十八歳。比較的近所に住んでいたことと、母親同士が仲が良いこともあって幼い頃はよく一緒に遊んでいた。

そんな優香が結婚ということで果菜も喜びの気持ちでいっぱいだった。

「お姉ちゃん、少し泣いてたでしょ。写真見てる時」

「いやあれはうるっときちゃうよ。みんなで旅行行った時の写真もあったね」

「お姉ちゃんがソフトクリーム落とした時の旅行ね」

「……よく覚えてるね？」

会も終盤になり、中座できそうなタイミングで、果菜は妹の奈菜《なな》と一緒に用を足すついでにトイレで化粧直しをしていた。

奈菜は果菜のふたつ下で、三姉妹の真ん中のポジションだ。果菜と違い、垂れ目で童顔、かわいらしい容姿をしているのに、性格はだいぶしっかりしていた。

ちなみに親にはどっちがお姉ちゃんかわからないとよく言われている。

「この後たぶん優香ちゃんが手紙読むと思うけど、お姉ちゃんまた泣いちゃいそうだね。メイク直した意味ないかも」

「……そうかも。いやでも泣かないのは無理ってもんじゃない？　小さい頃から知っててずっと仲良くやってきたし、もう家族に近い存在じゃない。感慨深くなっちゃうよ」

「そりゃもちろんそうだけどさ」

言いながら奈菜は果菜をちらっと見た。

「……なに？」

その目つきがずいぶんと意味ありげで果菜は不思議そうに首を傾げた。

「いやずいぶん余裕だなあと思って」

「なにが」

もったいぶった言い方に眉を寄せると、奈菜は「焦らないの？」とひと言言った。

「焦る？」

「優香ちゃんにまで先越されちゃったわけじゃん、結婚。私の時もお母さんにすごい圧かけられてたよね。妹に先越されるなんて本当なら果菜が一番でしょって。優香ちゃんも年下だし、お母さんは叔母さんに妙に張り合うところあるから、もっとすごいんじゃないの？」

奈菜の言葉に果菜の表情が一気に曇る。心底うんざりした顔で「そうなの」と言うと、はあ、と大きなため息をついた。

「既にすごいんだよ。妹にも、年下の従妹にも先越されるなんて恥ずかしくないの、もうすぐ三十歳なのにって。いい人はいないのか探さないのかどう考えているのかって、とんでもない圧かけられてる」

母親の口真似をしながら一気に話した果菜は、もう一度、今度は長めのため息をついた。

ついでに言うと、今日の圧もすごかった。母親とテーブルが違ったのがまだ救いだったが、顔を合わせた時に「果菜もちゃんと考えないとね」とちくりと言われていた。

「これでもし瑠菜《るな》が先に結婚でもしたらお母さん爆発するんじゃない」

肩を竦めながら言われた言葉に、果菜は引き攣った笑いを浮かべた。

「まさか。瑠菜はまだ二十五だよ？　そんな、結婚なんてまだ……」

「ええ、そうかな？　瑠菜は今の彼氏と大学生の頃から付き合ってるからもう五年ぐらい経つし、そろそろそんな話が出てもおかしくないんじゃないかな」

「え、五年⁉　もうそんなに経つ⁉」

驚愕の情報に果菜の顔が愕然としたものに変わる。

一番下の妹の瑠菜に彼氏がいることは知っていたが、もうそんなに長いとは思わなかった。にわかに焦りのような感情がこみ上げる。

「で、でも、まだ若いし、そんなに急がないんじゃないかな～……もっとお金を貯めてとか、ほら色々あるでしょ」

さすがに認めたくなくて、否定できる要素を必死に探す。奈菜の言う通り、瑠菜にまで先を越されたら母親からのプレッシャーはとんでもないものになるだろう。想像したくもなかった。

果菜の実家は東京《とうきょう》近郊の県にあり、都心にも電車で二時間かからないぐらいで出られるが、駅周辺を除けばまだまだ自然が多く残り、田園風景が広がる地域である。

長く住んでいる人が多いので、住民同士の結びつきも強く、町の人のほとんどが顔馴染みといった感じで人間関係がとても濃い。

少々おせっかいではあるが親切な人も多く、みんなが親戚みたいで温かい雰囲気の町である。だがそれは、裏を返せばご近所中に情報が筒抜けというわけで。

母親は少々見栄っ張りなところがあるので、ご近所の手前、娘が行き遅れているのは体裁が悪いらしい。それに加えて、昔ながらの考えで結婚して一人前という意識が強く、娘たちにもとにかく早く結婚してほしいという気持ちを昔から持っていた。

一緒に暮らしている時にそれをひしひしと感じていた果菜は、就職と同時に家を出た。しかし、地元に残る奈菜の結婚を機に、離れて暮らしていてもしつこく結婚のプレッシャーをかけてくるようになったのだ。

特に果菜に付き合っている人がいないとわかってからは、お見合いの勧めがすごくて少々辟易していた。そんな状況の中、優香までが結婚して、これからのことを考えると果菜は気持ちが重くなる一方だったのだ。

しかし今日は優香の結婚式。それは一旦忘れて、せっかく幸せな気持ちで楽しく過ごしていたのに。急に現実に引き戻されて、果菜は恨みがましい目で奈菜を見た。

「瑠菜は今の彼氏と結婚考えているみたいだよ。お姉ちゃんはどうなの。付き合ってる人はいないんだっけ。結婚願望ないの？」

「そういうわけじゃないんだけど……」

化粧直しが先に終わった果菜は、トイレの壁にもたれて、鏡に向かってマスカラを塗り直している奈菜を見ながら苦笑いを浮かべた。

「けど、なによ。まあお姉ちゃん、昔から男を見る目なかったからなあ。もう男と付き合うの面倒とか思っちゃってるんでしょ」

「う」

マスカラを塗りながらこちらも見ずに辛辣に放たれた奈菜のひと言に、果菜は思わず言葉を詰まらせた。

図星だったのだ。

奈菜の言う通り、果菜は男を見る目がない。と言うか、あまり相手の言葉を疑うということを知らないので素直に信じてしまうのだ。恋愛経験は少ない方なのに、その中で何度か騙されてきた。

二股を掛けられたり、職業を偽られたり、結婚していることを隠してデートに誘われたり。何度かそういう経験をして果菜は悟った。

自分は男女交際に向いていない。

たまたま悪い男に引っかかってしまっただけかもしれないが、騙すつもりでこられると、果菜にはそれが見抜けない。

さすがに大金を騙し取られるとか、そこまでくればわかる。しかし、良い人間を装われるぐらいだと、そこを疑うのも悪いなと思ってしまう。

そこまでして付き合うということがピンとこないのだ。果菜自身は自らを偽ってまで付き合いたいと思わなかったから。そういう男性がいることを、想定していなかった。

さすがに経験を経て今はそういうケースも多々あるということはわかったが、今度はそうすると、出会う男性すべてが疑わしく思えてしまって軽く男性不信に陥ってしまった。

どこまでが本当なのかがわからなくなってしまい、疑心暗鬼でもう恋愛どころではない。

そうなってくると段々と恋愛自体が面倒になってしまって、そこまでして彼氏を作らなくてもいいやという境地に至ってしまった。

だから今のところ、結婚も全く考えていない。恋愛も難しいのに結婚だなんてますますハードルが高く感じてしまう。

母親は付き合っている人がいないなら見合いしろと言うが、よく知らない人と結婚を考えるなんて冗談ではなかった。

だったら独り身で生きていく方がましで、まだ深刻に考えていないだけかもしれないが、案外その方が楽しく生きていけそうな気もしていた。

「結婚するつもりないなら、お母さんへの対策は何か考えておいた方がいいよ」

束の間言葉を途切れさせて別のことを考えていた果菜だったが、奈菜の言葉に顔を上げる。奈菜は化粧直しを終えて冷静な眼差しでこちらを見ていた。

「……うん、わかってるんだけど……どうしたもんかなあ。何かお母さんが納得しそうな良い言い訳ある？」

「あのお母さんが納得する言い訳？　そんなのそうそうないよ。もう遠くに引っ越すしかないんじゃない？　海外とか」

実現が難しそうな提案をされて、果菜は困ったように眉を下げる。「無理無理」と言いながら、やや大げさに顔の前で手を振った。

「じゃあ、彼氏ができたと嘘をついてずるずると引き延ばす。あとは婚活パーティーとかに行って、とりあえず相手を見つけて離婚前提で一回結婚してみる」

淡々と提案してくる奈菜に、よくこんなスラスラと出てくるなと内心感心しつつも、果菜は腕組みをしてうーんと首を捻った。

「彼氏ができたと嘘をつくのが、一番できそう……かな。とりあえずでも相手を見つけるのは、変な人引き当てちゃったらと思うと怖い」

「見る目ないもんね。あ、お姉ちゃんそろそろ戻らないと。花嫁の手紙始まっちゃう」

「うそ。やばい。戻ろ戻ろ」

どうやら少し話しすぎてしまったようだ。果菜たちはそこで会話を切り上げると急ぎ足で会場に戻った。


その後は花嫁の手紙にも無事に間に合い、式は感動に包まれたままお開きとなった。

いい式だったなと良い余韻に浸りながら、帰宅の途につこうとした時、果菜を呼び止める母親の声が聞こえた。

そして、今。

そのまま母親と、その隣にいたお飾りのような父親に連行されるようにして、ホテルのラウンジで両親と向かい合っていた。

帰る前にお茶に付き合えと言われて連れてこられたわけだが、母親のいつにも増した強引さになんだかとても嫌な予感がしていた。

「こんな素敵なホテルで結婚式をあげるなんて、優香ちゃんのお相手は本当に立派よねえ」

しみじみと言いながら母親がコーヒーカップを手に取る。果菜は曖昧に頷いた。

(別に結婚式にかかるお金のすべてを相手が出してるとも限らないと思うんだけど……まあ突っ込むとまた煩そうだから別にいいか)

一を言えば十返ってくる。

果菜の母親はそういう性格だ。父親も決して無口な人間な訳ではないが、そういう母親だから、いちいち何かを言うのが面倒になったのだろう。最近は滅多に口を挟まなくなっていた。

母親はいかにも「田舎の気の良いおばちゃん」といった見た目をしている。背は低く、体つきは全体的に丸い。目元には皺が浮かぶが、血色は良く頬はツヤツヤとしていた。

そのふっくらした輪郭の中にあるくりっとした目を何度か瞬くと、母親は果菜をまっすぐ見て口を開いた。

「確認だけど、果菜はお付き合いしている人は本当にいないのね?」

「う、うん。まあいないけど……」

小さな声でもごもご返事をしながら、何を言われるんだろうと頭の中で可能性を考えていた果菜は、一瞬それに気付くのが遅れた。

母親は結婚式には不釣り合いな大きさの手提げバッグを持っていた。そこから何かパンフレットのようなものを数冊取り出してテーブルの上に置いた。

「なにこれ？」

出されたものがピンとこなかった果菜は首を傾げる。表紙は白で何も書いてなかった。

「あなた宛てのお見合い写真。みなさんしっかりとした方ばかりよ」

「えっ」

どうだと言わんばかりの顔で微笑んだ母親を見て、果菜は目をまん丸に見開く。前々から見合いを勧めてきた母だったが、まさか優香の結婚式の日に、果菜への見合い写真を持ってきているとは思わず、あまりの驚きに言葉を失ってしまう。

「せっかく良いお話をいくつかいただいて見に来いって何度も言ってるのに全然帰ってこないから、持ってきてあげたわよ。ほら、とりあえず見てみて」

「ま、待ってよ」

やっとのことでそう口にした果菜は慌てて言葉を継いだ。

「私は、別に今結婚したいとは」

「何言ってるの」

言い終わらない内に母親の声がかぶさる。きっと目つきを鋭くさせると、母親は果菜に口を挟む余地を与えず、言葉を続けた。

「もうすぐ三十歳なのよ。子どものことを考えたらもう遅いぐらいだわ。相手の身元がしっかりわかっているというのはとても大切なの。育ちやご家庭の状況も把握できるし、人柄も保証してくれるのよ。その中から選べるのだからこんなにいいことはないじゃない」

畳み掛けるように言われて、果菜はどう返答したらいいものかと困ってしまう。体よく断りたい。しかし、母親の様子を見るに、果菜がお見合い写真を見るまでは解放してはくれなそうだ。

「……お母さんの言うこともわかるけど、結婚相手は自分で選びたい」

「選べばいいじゃない。この中から。素敵な方ばかりだと言ったでしょ。果菜だってきっと気に入るわ。ほらこの方とかハンサムでしょ」

お見合い写真の中から一枚選ぶと、母親は表紙をめくって男性の写真を見せながらうんうんと頷いた。

確かにそこには、精悍な顔立ちで爽やかなルックスのひとりの男性が写っていた。

「……ちょっと考えさせて」

果菜はなるべく真剣な表情を作って言った。

別に写真を見てお見合いに乗り気になったわけでは決してない。この押しの強い母に、どんな言い訳を並べたところで、決して引くことはないだろうと思ったからだ。

それは過去の経験から痛いほどわかっていた。昔から、こうと決めたら突っ走る母だった。

だから、ここは一旦受け入れる姿勢を見せるのが一番得策だと果菜は考えた。

（しばらく、実家には顔出せないな……）

こうなった以上、諦めるか他のことに気が逸れるまで母親を避け続けるしか果菜に残された道はない。次に母親に捕まったら最後、強引に見合いに持ち込まれそうだ。

果菜はちらりと母親を見た。

そして、何か言いたげに今にも口を開こうとした母親に先んじるように、母親が差し出していた写真を素早く手に取ると、じゃ、と手を上げた。

「話は終わったよね。私、この後予定あるから行くね。ここは払っておくから、お母さんたちはゆっくりして」

伝票を手に取ると、有無を言わせずに果菜は腰を浮かす。それを見た母親が慌てたように言った。

「ちょっと、待ちなさい！　まだ話は終わってないわよ」

「ごめん。人と約束してるの忘れてた。大体さ、今すぐ決められることじゃないよ。家でじっくり考えるから」

「あんたはもう、そうやっていつものらりくらりとして……そんなにのんびりしていられないでしょ。大事なことなのよ！」

興奮しているのか顔を赤くした母親が、今にも立ち上がりそうな勢いで捲し立てる。

それに対し、果菜はへらりと笑った。

「大事なことだから、ゆっくり考えたいの。ごめんねお母さん。また連絡するから。お父さんもまたね」

それだけ言うと、すぐにくるりと踵《きびす》を返す。背後から大きなため息と「まったくあの子は」「お父さんも黙ってないで何か言ってよ」と負け惜しみのようにぶつぶつ言う声が追ってくるが果菜は構わずまっすぐにレジまで進んだ。

伝票を渡して素早く会計を済ます。

さっさとここから出ようと振り返った瞬間、「果菜！」と大きな声で名前を呼びながら、母親が小走りにこっちに向かってくるのが目に入った。

（え、追ってきた⁉）

それを見た果菜の表情が凍り付く。

今度は何を思いついたんだと内心焦っていると、果菜の前まできた母親が、どん、と手に持っているものを胸に押し付けてきた。

よく見てみれば、それは、先ほどテーブルの上にどーんと出されたお見合い写真の束であった。

「なんでひとつしか持っていかないの！　せっかくこんなにお話がきてるんだから、全員に目を通しなさい。もしかしてこの中にいい人がいるかもしれないでしょ。言っておくけど、まだ二十代だからこうやってお話がくるのよ。今の内じゃないと選べないんだから」

絶対に逃がさないという決意が滲む表情で、母親はお見合い写真をぐいぐい押し付けてくる。

「わ、わかったから」

果菜は苦笑いを浮かべながら、それをしぶしぶ受け取った。脇に抱えるようにして持っていた最初の一冊と重ねて胸に抱える。

合わせると全部で五から六冊はあるだろうか。よくここまで集めたものだと、一瞬、状況も忘れて感心してしまう。

（きっと、ご近所で色々な人に声を掛けまくったんだろうな……）

考えると遠い目になってしまう。人から人のネットワークがやたらと発達している町なので、果菜がお見合い相手を探していることは、今頃町の人の間では周知の事実になっているのだろう。

「しっかりと持って帰ってちゃんと全員見るのよ」

「わかった」

「見て、どの人とお見合いするか決めたら絶対に連絡頂戴ね」

「……わかった、もう行くね」

考える、としか言ってないのに、誰かとお見合いすることが前提となっていることが気になったが、ここで反論したらまた元の木阿弥だ。

果菜はそう考えて、母親の念押しに対して自分の気持ちをぐっと押し込めて頷いてみせる。それから今度こそラウンジの出口に足を向けた。

ラウンジはロビーに隣接していた。ロビーに出てすぐにホテルの出入り口が目に入る。そちらに向かおうとした果菜は、あることに気付いてぴたりと足を止めた。

出入り口付近に知った顔が何人も立っていることに気付いたのだ。

それは、結婚式に一緒に出席していた親戚たちだった。果菜の母は優香の母以外にも兄妹がいて、優香には果菜たち姉妹以外にも従兄がいる。

どうやら結婚式が終わったあと、みんなでロビーで立ち話をしているらしい。

（まだ帰ってなかったの？……あそこ通るのいやだなあ）

果菜は胸に抱えていたお見合い写真の束を抱え直した。

今はまだ果菜のことに気付かれていないが、距離的にはそれほど離れていないので一度視界に入れれば、果菜が胸に抱えているものの存在にまで気付かれてしまうかもしれなかった。

（そしたら絶対何か言われるよなあ……）

果菜が結婚しないことを母親が嘆いていることは親戚たちも知っているだろう。もしそのことで捕まってそこに母親までもが来たら……。

果菜は背後をちらっと窺った。

母親のことだから、頼んだ飲み物を全部飲むまでは出てこないはずだ。しかし、どこまで時間があるかはわからない。

一瞬の間に頭に色々な考えが過る。その次の瞬間、果菜はくるりと踵を返して、出入り口とは反対側に足を向けた。

（とりあえず、みんなが帰るまでホテルから出るのはやめておこう……）

母親に言った『この後予定がある』というのは、もちろん嘘である。予定などはない。だからこのままホテルに留まっていても時間的には問題なかった。

万が一にも注目を集めたくなかったので、周囲から不審に思われないように果菜はまっすぐに歩いた。すると、突き当たりにエレベーターホールが見える。仕方がないので、そこまで行って足を止めた。

（どうしようかな……どこで時間を潰そう）

そこでエレベーターを待つフリをしながら、身体をずらして今来た方にちらりと視線を向けてみる。すると、ラウンジの出入り口に、果菜の母親と父親らしき姿が見えた。

（もう出てきた⁉）

まずい、と果菜は思った。ここでエレベーターホールにいるのを見られたら、何をやっているのかとまた捕まって追及されるだろう。

そんな焦る果菜の耳に、タイミングよく、チン、とエレベーターの到着音が聞こえてきた。

見ればエレベーターの扉が開き、中からふたりの男女が出てくるところだった。果菜は何も考えずに、そのカップルと入れ替わるようにエレベーターの中に足を踏み入れた。

（ええと、どうしよう。客室階はまずいよね。あ、レストランならいいかな？）

果菜は操作盤を前に一瞬戸惑ったが、考えるままに、横にレストランと書かれている階のボタンを押す。

そのエレベーターには、果菜の他には誰も乗り込まなかった。音もなく閉まったエレベーターはあっという間に指定の階まで果菜を運ぶ。

チン、とまた到着音が鳴って、開いた扉から果菜はエレベーターを降りた。

三時、という食事には微妙な時間だったからかもしれない。降りた先のエレベーターホールに人気《ひとけ》はなかった。

所在なげにきょろきょろとあたりを見回したあと、ふう、と果菜はため息をついた。

「どうしようかな……」

果菜はぽつりと呟いた。

そして、迷った挙句、エレベーターホールから廊下へと歩き出した。

（……とりあえずトイレを探そう）

果菜は歩きながらちらりと視線を下ろした。お見合い写真は今も胸に抱えたままだ。

まずはいい加減これを何とかしたい。

だからトイレに行って、パーティーバッグに入れているサブバッグを取り出そうと考えたのだ。そのために少しの間でも荷物を下ろす場所が欲しかった。高級ホテルのトイレだからきっときれいだろうし、もしかすると、パウダースペースもあるかもしれない。

そんなことを考えていたからか。

その時、果菜は前方への注意を少々怠っていた。ホテルの廊下はとても静かでそこに人がいると思っていなかった。何も考えず目の前に来た角を曲がり、次の瞬間、急に現れた何かにどん、とぶつかった。

その衝撃で、お見合い写真が果菜の身体から放れ、バサバサっと床に落ちた。

「す、すみません！」

果菜はすぐに、自分がむこうから来た人と出会い頭にぶつかってしまったことに気付いた。若干後ろによろめいた体を何とか踏ん張って立て直すと、やってしまったと青ざめながら、がばりと勢いよく頭を下げた。

「あっ……うそっ」

そして下を見て、お見合い写真が盛大にばらまかれていることに気付いて、ほとんど真っ青になった。

床に落ちた拍子に開いてしまって中の写真が見えてしまっているものまである。かしこまった表情でこちらを見ている男性と目が合って、思わず息を呑んだ。

（や、やば、個人情報っ……！）

果菜は慌てて床に這いつくばった。ぶつかった相手のことも忘れて素早くお見合い写真を拾い上げる。

大急ぎで二冊、三冊……と拾ったところで、突然、横から何かがにゅっと突き出されてきた。驚いてそちらを見ると、まだ落ちているはずの残りのお見合い写真がきちんと重ねられた状態に戻ってこちらに差し出されている。

どうやらぶつかった相手が丁寧にも拾うのを手伝ってくれたらしい。スーツ姿の男性が膝を突いているのが見えた。

（うわああ、こっちもまずいっ）

「すみませんっ……ありがとうございます！」

焦りで声を上擦らせながら勢いよくそう言った果菜は、ぺこぺこと頭を下げながら差し出されているそれを丁重に受け取った。

「いえ、私も注意を怠っていて申し訳ありません」

低くてハリのある落ち着いた声だった。

言いながら男性がすっと立ち上がる。それを見た果菜は自分も慌てて立ち上がった。

「お怪我はありませんか？」

そう声を掛けられて、果菜は初めて、その男性をまともに見た。

人にぶつかってしまったこととお見合い写真をばらまいたことで、軽いパニック状態に陥ってしまってそれどころではなかったのだ。

（ああ……まずい。なんかすごいイケメンで金持ちそうな、見るからにハイスペックの……え？）

ふたりの視線がぶつかる。そしてふたり同時に、何とも言えない顔になった。

「だいじょう……ぶ、ですが……あ、芦沢専務……？」

思わず、そう声に出してしまって、果菜ははっと口元を手で押さえる。

ここで名前を出すのはまずかったかもしれない。

果菜は相手のことを知っているが、相手は果菜のことを覚えていない可能性が高い。何せ果菜はただの案内役だ。今まで数回、来社時に受付のところから社長室まで案内しただけ。

そんなシチュエーションは腐るほどあるだろうし、いちいちそこで案内した人間の顔なんて覚えているわけがない。

だとすると、相手にとって果菜は、ただ一方的に名前を知っている得体の知れない女になってしまう。

「君はＭＩＫＡＳＡの……？」

しかし、果菜の予想に反して、遼はじっとこちらを見ながら、そう言った。

（えっ）

これに果菜は驚いた。まさか果菜の顔を覚えているとは思わなかったのである。

「は、はい。ＭＩＫＡＳＡの社員の夏原《なつはら》と申します。芦沢専務が弊社に来訪された際に案内をさせていただきました。え、覚えてくださっていて……？」

あまりにそのことに驚きすぎて、自己紹介しながらもつい素直な感想が漏れてしまう。

信じられないというように目を瞬いていると、遼はあっさりと頷いた。

「ああ。少し印象深かったから」

「え？」

（うそ。私、もしかして気付かない内に何かやらかしてた？）

遼の言葉が不穏な意味に聞こえて、果菜は少し不安になってしまう。一体何をと自分の言動を思い返していると、その思考を遮るように、遼が言葉を続けた。

「君はここで何を？　食事にきた……というわけではなさそうだけど」

「うえ」

今一番、聞いて欲しくないことを突っ込まれて、思わず果菜は、カエルの鳴き声のような情けない声を出してしまった。

それは本当に無意識に出た声で、そんな声が出たことに果菜自身が一番びっくりして、慌てて咳ばらいをして誤魔化す。

（確かにお見合い写真ばらまいたりして完全に不審者だけどさ、そんなこと聞く⁉　そこは放っておいてほしかった……！）

できればそんな風に言って回答を拒否したかったが、そうもいかないだろう。何せ相手は自社の取引先の会社の専務、自分はただの平社員だ。圧倒的に立場が違う。問われた以上は答えなければならなかった。果菜は頭をフル回転させながら口を開く。

「えぇっと……ですね。このホテルで親戚の結婚式があってそこに出席してまして。帰りにちょっとトイレをお借りしようとして……少し間違えてこの階に」

不自然に思われない言動を考えて果菜は何とか言葉を捻り出した。なかなか苦しい言い訳ではあったが、大筋は間違っていない。

そして、これで自分から興味を失くしてくれるようにと祈りながら、無理矢理に引き攣った笑いを浮かべた。

(なんで、よりにもよって、こんなタイミングで、こんな普段絶対に会うようなことがない人と会っちゃうかな……！)

別に、これからも接点がある人物な訳ではない。果菜が秘書課の仕事を手伝っているのは期間限定だ。秘書課に人員の補充があれば、もう手伝うことはない。そうなれば、この先顔を合わせることはもうないかもしれない。

そもそも、住む世界が違う相手だ。

「ふーん……トイレ、ね。なるほど」

果菜の苦しい言い訳を聞き、どう思ったのか知らないが、遼は無表情にそう呟いた。

なぜだかはわからないが、その口調から少しだけ最初の堅苦しさが消えている。

何かを考えているのか、その切れ長の目を細めると遼はじっと果菜を見た。

(いやすごく不審がられているのはわかってるんだけど……でも別にだからと言ってこれが会社の取引とかに何か影響するようなことはないはずだよね⁉　今はお互いプライベートなんだから。そうだよ、うん)

ぶつかってしまったのはまずかったが、一応謝罪はした。お見合い写真を拾うのを手伝ってもらったことに対して感謝も述べた。失礼のないように挨拶もした。一応すべての対応はクリアしている。だったら別にこれ以上、ここに留まる必要はないはずだ。

（うん。お見合い写真をぶちまけたことは黒歴史として封印して忘れよう）

一瞬の間でそこまで考えた果菜は、さっと遼に向き直った。

「本当にご迷惑をお掛けして申し訳ありませんでした。では、私はこれで」

至極真面目な表情を作ってそう言うと、果菜はぺこりと頭を下げた。

「失礼します」と言って踵を返そうとする。

「待って」

しかし、果菜はその場を去ることができなかった。見れば、遼が果菜の腕を掴んでいる。

「えっ？」

まさか、引き留められるとは思っていなくて、果菜はびっくりして目をまん丸にしながら遼を見る。

遼は、なぜかそこで愛想良くにこりと笑った。

（え！　笑った⁉）

『感情がないって意味も込められてるらしいんです。ほとんど笑ったりもしないって』

不意に脳裏に舞花の言葉が甦った。当然ながら、果菜は遼の笑った顔を今まで見たことがなかった。それに、遼の顔は整っているがゆえに作り物めいていて、酷薄そうな冷たい雰囲気を纏っていることから、本当に感情なんてないみたいに見えたりもしていた。

そんな風に思っていた相手に笑いかけられて、驚かないわけがない。しかも、どういう意図で笑ったのかがわからなくて、果菜の頭にハテナマークが飛び交った。

「夏原さん、でしたよね」

「え、あ……はい」

「このホテルで行われた親戚の結婚式に出席されていたと」

「……はい」

急に饒舌に話し出した遼にますます困惑した果菜は訝し気な眼差しを向けた。一体何が始まったのだと警戒しながら必要最低限の言葉だけを返す。

「違っていたら申し訳ないが、先ほど床に落とされたのは見合い写真ですよね。結婚式に出席された帰りのはずなのに、たくさんの見合い写真を抱えている。もしかしてご家族やお身内の方から強く結婚を勧められているのでは？」

この言葉を聞いて果菜の顔に衝撃が走った。少し考えればわかることなのかもしれないが、あまりに正確に言い当てられてしまって、驚きを隠せなかったのである。

「え……ええ。まあ。そんな……ところかもしれないです」

もうバレバレなのだが、相手の意図がわからない以上、素直に認めるのもなんだか怖かった。だから曖昧に返しながら、探るようにちらちらと遼を窺い見る。

しかし、遼の表情から果菜は何も読み取ることができなかった。無表情というわけではないが隙がないとでもいうか、感情をとても上手に隠しているような感じを受けた。

果菜の返答を聞いた遼はかすかに頷くと、言葉を選ぶようにしてまた口を開いた。

「しかしあなた自身は見合いを受ける気はない。だからその類の話から逃げるために避難しようとして仕方なくここまで来てしまった」

「えっ……」

果菜は愕然とした表情で遼を見た。驚きすぎて言葉が続かなかった。

まさかこんなに完璧に言い当てられてしまうなんて。

（この人……なに？　超能力者か⁉）

そんな果菜の反応を見て、遼は自分の想像が当たっていることに確信を持ったみたいだった。

一歩、足を踏み出して、遼は果菜に近寄った。

「夏原さんに頼みたいことがある。この頼みを聞いてくれるのであれば、俺もあなたの力になれると思う」

「はっ？」

次から次へと言い当てられて、それだけでもだいぶ戸惑っているのに、更に何やら怪しげな頼みごとまでされて、果菜はぎょっとしたように遼を見た。

一体何を頼まれるのかと不安な顔になってしまう。

果菜はしばし逡巡すると、「それは一体どういうことでしょうか」とおそるおそる遼に聞いた。

「……この方が先ほど言っていた今お付き合いしている人なの？」

「そう。夏原果菜さん。ＭＩＫＡＳＡで働いている。共同プロジェクトの件でＭＩＫＡＳＡを訪れた際に出会った」

（……うそ。本当に言った……）

遼が果菜に『頼みごと』をしてから、ちょうど、十分後。

果菜は遼の隣で信じられない状況に慄《おのの》きながら、遼の母親と相対していた。

かろうじて顔に貼り付けている笑みが、ひくひくと引き攣ってしまう。

遼の頼みごと——それは、なんと、自分の恋人のフリをしてほしいというものだった。

「あなた、自分のお見合いに恋人を連れてきていたの？」

呆れたような母親の声に遼がうんざりしたようにため息をついた。

「俺は、今日見合いがあるなんて聞いていない。話したいことがあるからと言って俺を呼び出し、騙し討ちで見合いをさせたんだろ。彼女はたまたま近くにいて、俺が連絡したら、心配して来てくれただけだ」

言いながら遼は果菜の肩に手を回して自分の方に引き寄せた。その行動に果菜は内心とても驚いたが、今この状況ではそれを表に出すことはできなくて、必死に笑みをキープする。

（ああもう、まだ了承したわけじゃなかったのに、ここまできたら突っぱねるのなんてもう無理じゃない……！）

とんでもないことになってしまったと、果菜は縮み上がっていた。

果菜が遼にどういうことかと聞いたあと。

遼はいきなり、果菜が手に持っていたお見合い写真の束を掴んで自分の小脇に抱えると、もう片方の手で果菜の手を掴み、『歩きながら説明する』と言って、そのまま引っ張って歩き出した。

そうして、歩きながら本当に、自分の事情を語り出したのだ。

その内容はこうだった。

遼は現在三十三歳。三十歳を過ぎた頃から、両親から早く結婚をすることを期待され、日々結婚について急《せ》かされるようになった。

付き合っている女性がいないことを説明すると、干渉は更にひどくなり、ついにはお見合いをセッティングされるようになった。

しかし遼は結婚にまったく興味がなかった。役員となり幅広く事業を統括しなくてはならない立場にいるため、仕事に専念したかったのだ。

彼にとって女性は煩わしい存在で、ひとりの女性を選べば当然、ある程度は時間を割かなくてはならなくなってしまう。そういうことを今はしたくなかった。

だから持ち込まれるお見合いも片っ端から断っていた。結婚は自分に余裕ができたらその時に考えようぐらいに思っていた。

しかし、その状況を両親は許さなかった。彼はひとり息子で唯一の跡取りだ。何としてでも結婚して子をもうけてくれなくては困る。

結婚願望がなさそうな息子に焦りを募らせていく両親。お見合いにうんざりした遼が応じなくなると、嘘をついて遼を呼び出し、騙し討ちでお見合いをさせるようになった。

そして今日も、遼はどこかの社長令嬢と強制的にお見合いをさせられた。

仕方なくその場で丁重に断り、お見合いはほどなく解散となったのだが、相手方が帰ったあと、遼の動向を監視するために別の部屋で待機していた母親が現れて、揉めた。

遼は勝手にお見合いをセッティングすることについて母親に苦言を呈し、母親はよく考えもせずにその場で断りを入れたことについて非難した。

そうして言い合いをしているうちに、ついに我慢の限界を迎えた遼は、自分には今付き合っている女性がいると、嘘をついてしまった。

その勢いのまま、相手は近々紹介すると宣言してその場を去った。

そうして、レストランの個室から出て、これからどうしようかと考えながら廊下を歩いているところでむこうからきたのが、果菜だったというわけだった。

『い、いやそんな大役をこんなに適当に決めていいんですか⁉　もっとふさわしい人がいると思います！』

廊下を歩く短い間で簡潔にわかりやすく今までの経緯を説明された果菜は、遼の頼みごとの内容を察して悲鳴のような声をあげた。

レストランの入り口に着いたところだったので、遼は果菜の方をちらりと見ただけでそれには答えずに、『ここで待っていて』と言って受付の方に行ってしまった。

そして、受付で何かを話したあと、持っていたお見合い写真をそこに預けて果菜のところに戻ってきた。

『母はまだ帰っていないみたいだから、行こう』

『いや私の話聞いてました⁉』

取り合う様子のない遼に果菜の声はたまらず大きくなってしまう。

しかしそれでも遼は平然としていた。

『別にちょうどいいところで会ったからとかではなく、俺は夏原さんが適任だと思ったからお願いしている』

話しながら促されるように背中を押されて、果菜はつい一歩を踏み出してしまう。

そのまま誘導されて進まなければならなくなってしまった果菜は、仕方なく歩きながら遼に訴えた。

『そ、そんなこと、信じられないです。だって私たちって数回しか会ったことないんですよ。しかも、来社された芦沢専務を社長室までお連れしただけで、話したこともほとんどないのに！』

『母の前では名前で呼んでほしい。遼だ。夏原さんの下の名前は？』

『え？　えっと、果菜です。……ってそうじゃなくて！　全然人の話聞いてないな！いやいや、本当に私を彼女として紹介するつもりなんですか？』

すごい勢いで話を進められていることが怖くなって、果菜は思わず焦ったような声を出した。

レストランの中はホテルの中とは思えないほど凝った内装になっていて、回廊風の廊下を歩き、気付けばどこかの扉の前まで到着していた。

美しい装飾ガラスがはめ込まれた重厚な雰囲気漂う扉の前で、遼は一旦立ち止まると、果菜を見た。

『あなたは常識的な考えができる真面目な人間だ。しかも異性に対して、容姿や肩書に惑わされず、理性的な判断ができる。確かに数回しか会ったことはないが、その少しの間でもそれが十分にわかった。それが、俺が夏原さんを適任だと思った理由だ』

落ち着いたトーンでそう話すと、遼は果菜の返答を待たず、扉をノックした。

『夏原さんは隣にいてくれるだけでいい。話を合わせてくれたら十分なお礼はするし、他にも俺ができることはする』

言い終わるとすぐに遼は扉を開けた。

『待って』と言おうとした果菜であったが、仕方なく言葉を呑み込むしかない。

そして、その個室の中で物憂げな顔でひとりティーカップを口に運んでいた遼の母親と、相対することになったのだ。

「はじめまして。突然に申し訳ありません。夏原果菜と申します」

遼の母親の探るような視線を全身に浴びて、果菜は仕方なく口を開いた。

（これ絶対不審がられてるでしょ……！　いきなり無理あるって。しかも私、結婚式用のドレス着てるし）

果菜の今日の格好はデコルテと肩の部分にレースがあしらわれた紺のワンピースである。年齢も年齢なのでそんなに華美なドレスではないが、ちょっと用事があってその辺にいた、という格好ではない。

（いやでもお金持ちの人たちにとっては、このぐらいが普段着とか？　うーん、全然感覚がわからない！）

やっぱりどう考えても無理がある。

そんなことを考えながらも、果菜は控えめな笑みを浮かべて事の成り行きを見守った。

かなり強引に連れてこられたわけだが、それでも果菜の立場からはこの場をぶち壊すようなことはできない。

「……わかったわ」

果菜がハラハラとする中、遼の母親はひと言そう言って、ふっと息を吐いた。

「本当にお付き合いしているのね？」

「ああ」

母親の念押しに遼は平然とした顔で頷いた。

「結婚するのよね？」

「もちろん」

「あなたのことだから、身元はちゃんと改めているのでしょう？　もうこの際細かいことは言わないけれど、お身内含めて、その辺はちゃんとクリーンね？」

「当たり前だ。彼女に懸念する点はない」

「……じゃあ、反対する理由はないわ」

（えっ）

満足そうに笑みを浮かべた遼とは反対に、果菜は思わず驚きに目を見開いた。

遼と比べると、自分は平社員の庶民だ。どう考えても釣り合いが取れない。

だから何だかんだ言っても認められることはないと、どこかで高をくくっていたのだ。

果菜の背中を嫌な汗が滑り落ちた。

「不躾な態度をとってしまってごめんなさい」

「い、いえ……」

極めつけに遼の母親に謝られて、果菜はどう答えていいのか困ってしまう。

息子がいきなり得体の知れない女を連れてきたのだ。訝しく思うのも当然だろうと果菜は思う。

遼の母親は全身から気品が漂う上品な女性だった。遼は母親似らしく、母親は年相応の皺はあるがかなりの美人だ。その整った顔でにこりと微笑んだ。

「いい年なのに、結婚をいやがっていて私たちとても困っていたの。あなたのおかげで結婚に前向きになってくれたみたい。感謝するわ。本当にありがとう」

（……えええ）

どうやら遼の母親の結婚に対する焦りは相当なものだったようだ。つまりは最低限の条件をクリアしていれば、もう誰でもいいというところまできていたのだろう。

そこまで切羽詰まった状況だったなんて。

遼の母親の口ぶりからそう察した果菜は愕然となった。頭の中に、騙された！という言葉が浮かぶ。

これまでの状況からすると、遼は当然この展開になることをわかっていたはず。けれど、果菜には言わなかった。

（な、なんか大変なことになってしまった……）

果菜は遼の母親に、引き攣った笑いを返すことしかできなかった。

「どうするつもりなんですか？」

遼の母親が帰ったあと。

果菜と遼は、そのままレストランの個室にいて、向き合っていた。

遼は好きなものを頼んでいいと言ってくれたが、何かを食べる気にもならず、とりあえず頼んだコーヒーのカップを手に取る。自身を落ち着かせるようにそれをひと口飲んだ。

「どうするとは？」

気色ばむ果菜とは違って、遼は冷静そのものだった。落ち着き払った態度で果菜を見る。

その何にも動じていない態度に焦《じ》れて、果菜の声が思わず大きくなった。

「い、いやだって彼女のフリをしてほしいって話だったんですよ。それだって別に了承したわけじゃなかったけど、その場だけのことだったら仕方ないと思ったんです。私も無理矢理お見合いさせられそうでうんざりしているし。でも、結婚って。話が違います！　この先どうするおつもりなんでしょうか？」

「それは、提案がある」

とりあえず母親は一旦納得したから、あとは自分の方で何とかしておくというのであれば、まだ別にいい。果菜だってつい先ほどお見合いを強要されて非常に困ったばかりで、何とか逃れたいという気持ちはわかる。

けれど、この先も何か協力しなくてはならないというなら話は別だ。

本来なら、果菜がこんな口の利き方をできるような存在ではないのだが、この時の果菜には自分の立場のことなんて考えている余裕はなかった。

話しているうちにヒートアップして責めるような口調になってしまったが、しかし、それでも遼の様子に変化はなかった。

「俺たち、結婚しよう」

「はっ……?」

出し抜けに遼から飛び出した発言に、果菜は口をぽかんと開けたまま、ぴしりと固まった。

突然のプロポーズがあまりにも突拍子もなさすぎて、果菜は一瞬、何を言われたのかわからなかったのだ。

「け、けけけけ結婚⁉」

一拍遅れて思考が追いつき、裏返った声が口から飛び出る。果菜はこれ以上ないほど目を見開いて遼を見た。

何を言ってるんだと言わんばかりの視線を受けた遼は、そこでなぜかふっと笑った。

「な、なんで笑って……」

「いや、理性的なタイプだと思っていたから。意外と感情豊かなんだな」

「はっ?」

そこで遼は仕切り直すように表情を真面目なものに戻すと、切れ長の目で果菜を捉えた。

整った顔でそういう表情をされると、纏う雰囲気に凄みが増して、目を逸らせなくなる。

視線を合わせたままで、遼はおもむろに口を開いた。

「もちろん普通の結婚じゃない。契約結婚、といえばいいのかな。お互いの利益のために一定期間、結婚する」

「お互いの……利益？」

遼が淡々と説明する。言われている意味がよくわからなくて、果菜は訝し気に呟いた。

よくわからなかった。好きでもない人と結婚して一体何の利益があるというのか。

「そうだ。俺は、今は結婚をするつもりはない。けれど両親から結婚を急かされている。父が去年、胸の痛みを訴えて検査入院したことがあって、特に異常は見つからなかったがそれをきっかけに健康に不安を感じるようになったらしい」

そこで遼は言葉を区切ると、ふっと憂鬱そうに息を吐いた。

「そこからだ。もっと催促がひどくなったのは。早く身を固めて安心させてほしい、孫が見たいと顔を合わせればうるさく言われる。はっきり言って限界だ」

そのうんざりした表情から遼が相当に参っていることが察せられて、果菜は少し気の毒になった。

結婚したくないのに、相手もいないのに、自分の意志とは関係なく結婚を急かされるつらさは果菜にもよくわかる。

（……でも）

果菜は何とも言えない複雑な表情を浮かべた。

だからと言って、たった数回顔を合わせただけの果菜と結婚というのは、ちょっと無理矢理すぎるのではないだろうか。

切れ長のすっきりとした目。しっかりとした鼻梁に形の良い唇。やや冷たさが感じられる雰囲気ではあるが、ひとつひとつのパーツが整っている上に全体のバランスも良く、舞花の言ったように、まるで芸能人みたいに整った顔をしている。

それに加えて上背もあり、手足も長くスタイルが良い。今は黒のスーツを着ているがどんな服でも似合いそうだ。つまり、完璧な容姿。

能力や経済力は言わずもがなだろう。ハイスペックが服を着て歩いているような男。はっきり言って、たとえ契約結婚であっても相手は選び放題だろう。果菜なんかに頼む必要はない。

「……事情は、わかりました。でもだったら、結婚をしたいと思える相手を探せばいいのでは？　芦沢専務だったら周囲に女性はたくさんいるでしょう。その中には好みの女性もいそうな気がしますけど」

「そんな女性がいたらとっくに結婚してる」

間髪入れずに答えが返ってきて、果菜は目を瞬いた。遼はかったるそうに頬杖をつくと、眉を寄せてはあと息を吐いた。

「俺はあんまりマメなタイプじゃないし仕事を優先してしまうことも多い。それで大体うまくいかなくなる。そこを説明してそれでもいいと付き合い出しても、結局はこんなにとは思わなかったと言われて揉める。つまり恋愛に向いてない」

「じゃ、じゃあ、お見合いの時にその事情を説明しては」

「最初の頃は説明してそれでもいいか確認してたが、全員が難色を示した」

スラスラと返答されて、果菜は思わず黙り込んだ。

一応、遼なりに結婚相手を探す努力はしていたらしい。

確かに、遼のお見合い相手を務める女性は、社長令嬢などそれなりにステータスの高い女性がほとんどだろうし、最初から「放置する」と宣言されたら、受け入れがたいのかもしれないと果菜は思った。

沈黙が続いたところで不意に話し掛けられて果菜ははっとする。

「え？」

「見合いを持ち込まれているということは、付き合っている男はいないんだろ。きれいだし、話していて感じもいいし男に相手にされないようには見えない。となると、自分で積極的に相手を見つけようと思っていないんじゃないかと推測できる。何か理由が？」

果菜の顔にうっすらと赤みが差す。そんな状況ではないとわかっていたが、普段容姿を褒められることがほとんどないので、さらっと「きれい」だと言われて、恥ずかしくなってしまったのである。

それを隠すように俯いた果菜はもごもごと「そんなことないです」と言った。

「……彼氏なんてすぐにはできないですよ」

「じゃあ、相手がなかなか見つからないから結婚に至らなくて、それを心配したご両親が見合いで相手を探したってこと？　夏原さんは結婚はしたいけど見合いは嫌で押し付けられそうになって逃げてきたと？　もっと切迫した理由があるように感じたけど」

「……夏原さんは？」

じっと見つめられて、果菜は居心地が悪そうに身じろぎした。

勘が鋭そうな彼に対して、適当に答えて誤魔化すことは難しいかもしれないと感じた。

それに、遼は自身の事情をおそらく偽りなく果菜に話している。自分だけ話さないのはフェアじゃないとも思った。

そこまで考えると、果菜は躊躇《ためら》いながらも口を開いた。

「……その気になったところで私なんかにはすぐに彼氏はできないっていうのは本当ですけど、そもそも積極的に相手を見つけようとしていないというのは確かにありきす。私、男を見る目がないんです。二股かけられたり嘘をつかれたり、あとは結婚していることを隠して言い寄られたりしたこともあったんですけど、そういう風にこられてもあんまり見抜けないというか。騙されやすい、みたいな」

そこで果菜は自嘲気味に笑った。改めて口にしてみると、何とも情けない。

しかし、本当のことだ。

「というわけで、私は男性に対して不信感が強くなってしまって、だからあんまりお付き合いする気にもなれなくて。けれど自分的にはそれでもあまり不都合がなくて、結婚も無理にしなくてもいいかなみたいに思ってたんですけど、母には私のそういう考えが理解されず、付き合っている男性がいないならとお見合いを勧められてしまって、という感じです」

しぶしぶながらも果菜はそこまで話すと、何とも言えない気まずさを誤魔化すようにへらっと笑った。

「なるほど」

そこで、それまで黙って聞いていた遼が口を開いた。

ひとつ頷くと、腕組みをして、果菜をじっと見据える。

「やっぱりお互いに利益があると思う。俺たちは、似ている。結婚するつもりがないのに周囲から結婚を勧められていて、何かしらの対応を迫られている」

「それは……そうですけど」

果菜は何とも言えない表情を浮かべた。同意できるようなできないような。

確かに純粋に状況を比べたら似てると言えるが、一庶民と大企業の御曹司では、何というか結婚に対する重みが違う。当然、周囲のプレッシャーも後者の方が桁違いに大きいだろう。果菜が感じた母親からの圧なんて可愛いものに違いない。

「そっちはそこまででもない？　対応は必要ないと？」

表情に色々出てしまったのか、見透かされたように言われて、果菜はぎくりと顔を強張らせた。

「……いえ、私も何かしらの対応は必要……です」

仕方なく、素直に認める。果菜の方は結婚へのプレッシャーをかけてくるのは母親だけだが、ひとりだけでなかなかの圧だ。しかもその急かし具合はなかなか執拗で、それに対して、果菜は今のところ有効な対処法を思いついていない。

果菜の返答を聞いて、遼は満足そうに頷いた。

「結局、その状況をどうにかするには、結婚するか親に諦めてもらうしか道はない。しかし、俺は諦めてもらうのがなかなか難しい状況だ。色々と言い訳を並べたが、結局説得には至っていない。夏原さんは？　諦めてもらえそうな状況にある？」

有無を言わせない態度で急に問いかけられて、果菜は視線を彷徨《さまよ》わせてからそっと首を振った。遼の雰囲気から誤魔化すことは難しいと判断したのだ。

「芦沢専務と同じでなかなか難しいと思います。私に結婚を急かしているのは母だけですが、昔ながらの考えで、女の幸せは結婚をすることにあると思い込んでいて、三十歳を超えての未婚は行き遅れ扱いですから。私は今二十九歳なので、何とか三十歳までに結婚させようと必死です」

「……なるほど。やっぱり俺たちは結婚するべきだと思う」

きっぱりと言われて、果菜は困ったように瞳を揺らした。

なぜか遼はその方法が一番だと思いついたみたいだが、果菜はそうは思わない。結婚に必ずしも愛が必要とまでは思わないが、いくら急かされているからといって、お互いによく知らないのに、とりあえず結婚して問題を解決しようなんて話が飛躍しすぎている。

いくら何でも強引すぎると思うのだ。結婚はそんな簡単なものではないと思う。

果菜の常識から言うと、とても考えられなかった。だからと言って、何か別に他の方法があるわけでもないが、とにかく許容できなかった。

「……すみません。それはお断りさせてください。芦沢専務とはきちんとお話ししたのも今日が初めてですし、たとえ契約結婚といっても、婚姻届を出して一緒に暮らすわけですよね。人柄がわかっていて、この方ならと思える相手でないと、難しいです」

果菜は躊躇いつつもはっきりと断りの言葉を口にした。

遼の反応が怖かったが、無理なものは無理だ。自分の人生に関わることを、そう簡単に引き受けることは、果菜にはできなかった。

「……その言い分は当然だと思う。だけど、やっぱり俺は夏原さんにお願いしたい」

考え込むようにしばらく押し黙ったあと、遼はゆっくりと口を開いた。

はっきりとした意思を持った眼差しがまっすぐに果菜を射抜く。果菜は一瞬、息が詰まるような感覚を覚えた。

「よく……わかりません。芦沢専務なら、頼めば応じてくれそうな女性は、他にもいっぱいいると思うんですが。どうして、わ、私なんかに」

それは、素直な気持ちだった。

彼は先ほど、果菜のことを常識的な考えができる真面目な人間だと言ったが、はっきり言って、そんな風に決め付けることがよくできたなと思う。それぐらい、ふたりはお互いのことを知らない。

だから、どうして果菜を選んだのか、本気で不思議だった。

「夏原さんにお願いしたいと思った理由は色々あるが、一番は俺に興味を持っていないという点だ」

「……え？」

少し考える素振りを見せたあと、おもむろに開いた口から放たれた言葉に、果菜は不意を突かれた。

それは果菜にとって思ってもみない理由で。

思わず遼の顔をまじまじと見てしまう。

「こんなことを自分で言うのは憚《はばか》られるが、俺の容姿は女性受けするらしい。だから好意を持たれやすい。だけど経験上、好意を持たれている状態だと、何らかの期待をされたり、色々と面倒な事態になることが多い。その状態だと、契約結婚という形態をとるのが難しいと思う」

「……なるほど」

果菜は真面目な顔で頷いた。確かに自分で言うようなことではないが、その言葉が納得できる容姿であることは間違いない。

そして、その言葉が示す通り、どちらかが好意を持っている状態では、契約結婚を遂行すること自体が難しいだろう。なぜなら、契約が崩れてしまうことになりかねないからだ。

「これまでの夏原さんの態度から、俺に対してまったく興味を持っていないことは十分に理解した。加えて、先ほども言ったが常識的で真面目な性格であるということも重要な要素だ。非常識な考え方の人間とは一緒に暮らす気になれないし、何より契約を守れるかが、まず怪しい。契約結婚について吹聴する可能性もある」

淡々とした語り口だったが、その口調から遼が本気でそう思っていることが窺えて、果菜は口を挟むことができなかった。

遼は果菜を見つめながら話を続ける。

「ＭＩＫＡＳＡで夏原さんが俺のことを案内してくれた時に、落としたものを拾ってくれたことがあった。落としたものはメモで、その場合、大多数の人間は何が書かれているかとりあえず見てみようとすると思う。しかし夏原さんは一切見ようとせずに俺に渡してきた。その時に、相手のプライバシーに配慮できる思慮深い人間だと判断した。俺の周りには、何かと接点を求める女性が多いから印象に残って覚えていた」

果菜はその言葉を聞きながら小さく首を振った。

なんだか買い被られている。そう思った。

その時のことは覚えているが、果菜はただ、面倒ごとを嫌っただけだ。もし見てしまって、そこに、人には知られたくないことが書いてあったら？　気まずい空気になるし下手したらクレームに繋がりかねない。そうなったら困るなと思っただけだ。

「そ、それだけのことで過大評価しすぎだと思います。私はそんなに立派な人間ではありません」

「その反応も思った通りだから、やっぱり夏原さんは俺の考える人に近いと思う」

そう言われると言い返す言葉がなくなってしまう。

果菜は困ったように口ごもった。

「まあ、そんなに嫌なら無理強いはできないけど。そうしたら君はどうする？　見たところ、夏原さんのお母さんの結婚への意向はかなり強いように思える。親戚の結婚式にまで見合い写真を持ってくるなんてなかなかない。簡単に諦めるようには思えない」

畳み掛けるように言われて果菜は更に何も言えなくなってしまった。

確かにその通りだ。

言葉を探すように視線を彷徨わせるが、言うべきことが何も見つからない。

それとこれは別の話だとは思うが、今のところ対応策が何もないこともまた事実だった。

「それは……そうなんですが」

「とりあえず結婚すれば、もう煩く言われることはないいんじゃないかな。期間はそうだな、一年間。一年だけ結婚生活をして、離婚するんだ。もしかすると離婚後も再婚を勧められるかもしれないが、結婚に向いてなかったと言えばだいぶ断りやすくなると思う。そのあとはもう一度結婚するもしないも自由だ」

――自由。

なんていい響きなんだろう。

どうやら、果菜は、母親からの執拗な結婚の押し付けに、自分が思っていたよりもうんざりしていたようだった。

おそらくそれは果菜が結婚するまで続くし、一番下の妹がもし結婚すればもっと激しいものになるだろう。

根負けして、見合いに応じてしまうかもしれない。そして一度見合いをすれば最後、もしまかり間違ってその時の相手が果菜を気に入ればそのまま強引に進めようとしてくることもあり得る。

もしそうなったら……とそこまで考えて果菜はぞっとした。

(だったら、芦沢専務の言う通り、一年結婚するだけの方が……)

最悪の未来を想像して、にわかに心が揺れ始めてしまう。

確かに、悪くないかもしれないとその瞬間、思ってしまったのだ。

それを見て取ったのか、遼が言葉を続ける。

「結婚式は近い親族だけ、できるだけ規模を抑えてささやかなものにする。親戚付き合いも必要最低限で済むようにしよう。結婚後は一緒に住む必要はあると思うが、新居はこちらで用意するしプライバシーが保てるように独立した居住空間のある間取りの家にする。結婚にかかる費用や結婚している間の生活費もすべてこちらが払うし、贅沢をしてくれてもかまわない。もちろん、こちらからは夏原さんの生活に必要以上に干渉しない。今まで通りの生活をしてもらっていい」

　金銭的なことまでは望まないが、聞けば聞くほど魅力的な話に聞こえた。

　つまり、結婚をするにあたって発生するだろう面倒ごとは最小に抑えてくれるという。そして、結婚後も今と変わらない生活を保証すると言うのだ。

「……確認なのですが、本当に相手が私で問題はないんですね？　私の実家はごくごく一般的な家庭ですし、出身大学も名の通ったところではありません。英語が話せたりもしませんし、何か秀でたところや特技などもありません。自分で言うのも何ですが、とっても平凡です」

「かまわない。そういう肩書き的なものには頓着しない。ただ、一般的な身上調査だけはさせてもらうことになる。これは犯罪歴や反社会的勢力との関わり合いなど、最低限確認しとかなければならない身辺のことについて夏原さんや夏原さんの親類縁者に関して調べる類の調査になるが、会社経営に関わっている身として、念のために確認しておかないといけないことを理解してほしい」

「それは……もちろん理解します。大丈夫です」

　彼の立場を考えると当然のことだと思った果菜は素直に頷いた。

果菜は平凡な人間だが、親戚もあわせて、警察のお世話になった人はいないし、暴力団やヤクザといった危険な世界との関わり合いも当然ない。そのあたりは自信を持って大丈夫だと言えた。

それよりも具体的なことを言われて、話に一気に現実感が増した気がした。

今までの人生からではあり得ない、とんでもない決断を、自分は今しようとしている。

自分の人生が大きく変わる気配にドクドクとにわかに鼓動が速まり、果菜の全身は何とも言えない緊張感に包まれた。

ぎゅっと、膝にのせている手を握り込む。

「ありがとう。もちろん婚姻中は不信感を抱かせる行動は慎むように努力する。嘘はつかない。もしそれでも、俺との結婚生活を続けることが難しい状況になった時は、婚姻関係は途中で解消できるようにしよう」

まっすぐに果菜を見て言われた言葉がダメ押しだった。

果菜はその目をじっと見たあと、こう言った。

「わかりました。契約結婚をお受けします。よろしくお願いします」

こうしてふたりの結婚は、まともに言葉を交わしてからわずか数時間という、恐るべきスピードで決まったのだった。

＊＊＊

これまでのことを思い出していた果菜は、遼の声にはっと我に返った。見れば急に黙りこくってしまった果菜を心配したのか、遼がどうかしたのかとでもいうような顔をしている。

「果菜？」

「な、なんでもない」

果菜は誤魔化すように笑った。

遼から契約結婚を提案された時、果菜は本当に驚いて、一旦は断った。しかし、遼の説得に負けて結局は受け入れた。

それからの成り行きは、果菜の母親にあまりに突然なこの結婚話をなかなか信じてもらえなくて苦労したぐらいで、あとはとんとん拍子に話が進み、ふたりの結婚生活はスタートしたのだった。

契約の期間は一年。最初はぎくしゃくしていた時もあったが、一緒に暮らすうちに打ち解け、思った以上にうまくやっていると果菜は思う。

いや、もしかするとうまく行きすぎてしまったのかもしれない。

「着替えてくる」

果菜の気持ちを知ってか知らずか、遼はそう言うと、労わるように果菜の頭をポンポンと軽く叩き、そのまま部屋を出て行った。

「……そういうのも、だめだって……」

果菜は遼の大きな掌の温かい感触の名残を確かめるように自分の頭部に触れながら、ぽそりと呟いた。

勘違いしてしまいそうで、こういうのはやめてほしい。

そう思う気持ちもあるが、どのみちそのぐらいではもう変わらないかもしれない。

もう、後戻りなんてできないかもしれない。

（……わかってるけど、仕方ないじゃん。私だってこんな気持ちになるなんて予想外だったんだから……！）

契約結婚十一か月目。

この関係に終わりが見えているのに、果菜は遼を好きになってしまっていた。

第二章　予想外の気持ち

「あれ、果菜も残業？」

「うん。明日全体会議あるからさ。その準備で色々やることが多くて」

「そうなんだ。大変だね」

週の半ばである水曜日の夜八時半、果菜は総務部が入るフロアの休憩スペースにいた。

ここは飲み物や軽食の自動販売機があり、机や椅子も並べられている。休憩に使われている他、お弁当を食べたり、ちょっとした打ち合わせなどにも使用されている、いわばフリースペースのような場所だった。

この日は片付けなければならないことがたくさんあり、定時を過ぎてもその対応に追われていた。やっと一段落がつき、帰る前にカフェオレでも飲もうと、休憩スペースに来たところ、同期の南雲《なぐも》千尋《ちひろ》と偶然に顔を合わせたのであった。

千尋は入社からずっと仲良くしている、果菜の親友といっても差し支えない存在だった。マーケティング部に所属し、部署は違うが一緒にランチをしたり、帰りによく飲みに行ったりもしている。

「千尋も残業？」

「うん。明日までに作らなくちゃいけない資料が終わらなくて。でもあらかたできてもうあがるところ。果菜は？　もう終わりそう？」

「わかる。これ飲んだら帰る。ずっと集中してたから、ひと息ついてから帰りたくて」

「うん。そのまま電車に乗りたくない時あるよね」

カフェオレの入った紙コップを片手に立って話をしていたが、千尋が「疲れた」と手近にあった椅子に座ったので、果菜も近くの椅子に腰を下ろした。

カフェオレをひと口飲む。

「最近旦那さんは？　帰り遅いんだっけ？」

「うん。私も残業続いているからさ、あんまり顔見てない」

「いいの？　もうそろそろなんじゃないっけ？」

何気ない感じで聞かれた言葉に果菜の表情が曇る。

困ったように頬をぽりぽりと掻いた。

「そうなんだよねえ」

「契約満了まであとどのぐらい？」

「……一か月」

「一か月かあ……え、一か月⁉　もうあとちょっとしかないじゃん！」

「そうなの」

ぎょっとした表情を浮かべた千尋に果菜は曖昧に笑う。

そして、はあとため息をついた。

「どうしよ」

奇しくも、ちょうど十一か月前の日、果菜と遼は婚姻届を出した。そこから一年後、ふたりは離婚をする取り決めとなっている。

しかし、離婚をする日はこの日と決めているわけではない。その時のお互いの状況もあるし、近くなったら調整して日取りを決めることになっていた。多少の前後はありという話で。

職場には、本当は報告したくなかったが、手続きがあるので仕方なく相手のことは伏せて結婚したことを伝えた。ただし、ＭＩＫＡＳＡはアストと付き合いがあるので、まったく誰にも知らせないわけにはいかず、上層部と総務部長は相手が遼だということを知っている。

それ以来、総務部長の果菜に接する態度が微妙に変化した気がしたが、果菜は気にしないことにしていた。

名前はどうせまた離婚して戻るのだからと思って、そのまま旧姓で通していた。どんな名字に変わったのかと聞かれれば「芦沢」と嘘をつかずに答えていたが、その「芦沢」がまさかアストの「芦沢専務」だということは、当然ながら誰も結びつかないみたいで、今まで突っ込まれることはなかった。

そうやって、結婚のことは報告しても、その結婚が『契約』であることは、もちろん誰にも知らせていない果菜であったが、ひとりだけ例外を作っていた。それが千尋である。

千尋には、遼と結婚することになった経緯のすべてを話していた。

ひとりぐらいは話せる存在がいないと、果菜が精神的にきつかったのもある。

最初話した時は、目玉が零れるかと思うぐらい目を見開いて驚いていた千尋だったが、果菜の事情を知っていたこともあり理解を示してくれ、それ以来、果菜の愚痴やお悩み相談に付き合ってくれるありがたい存在だった。

遼も、『親友』ひとりだけには、わけを話すことを許してくれた。

「このまま終わってもいいの？」

「よくない……けど」

果菜は歯切れ悪く言ったあと、迷うように視線を上に向けた。

結婚生活を終わらせたくない。これは今の果菜の嘘偽りない素直な気持ちだった。

しかし、それをそのまま口にすることは許されない。

それは、この気持ちが重大な契約違反になるからだった。


契約結婚をするにあたり、その契約の詳しい内容は、後日ふたりで改めて会って決めた。

場所は外資系高級ホテルのスイートルーム。

この結婚が契約であることが第三者に漏れたらまずいということで、絶対に人の耳のないところとして、遼が用意した場所だった。

最上階に位置するそのスイートルームは、周辺の街並みが一望できる最高のロケーションを完備していた。

部屋も想像もつかないほど広く、開放感のあるリビングには、十人以上座れるのではと思えるほど大きなソファが置かれていた。

家具やインテリアもラグジュアリー感が満載で、そのあまりの豪華さに果菜は頭がクラクラした。

一体一泊いくらするのか。果菜なんかにはきっと想像もつかないほどの料金がかかりそうなこの部屋を、遼はたった数時間のためにわざわざ手配したと言う。

住む世界が違いすぎる。とんでもない人と結婚することになってしまったと果菜はその時、自分の決断を軽く後悔したほどだった。

大理石のテーブルを挟み、ふかふかのクッションの椅子に座って向かい合って決めた契約の内容はこうだった。

まず、この結婚が契約だということをみだりに口外しないこと。

結婚にかかる費用、婚姻中に果菜が望む金銭はすべて遼側で負担すること。

婚姻中は同居すること。ただし、お互いの生活には必要以上に干渉しないこと。また、仕事にも干渉しないこと。

親戚付き合いや夫婦での参加が必要な行事については、お互い最低限は協力すること。

一年後、可能な限りすみやかに離婚をすること。ただし、離婚日はお互いの状況を加味して相談の上、決めること。

不測の事態が起きた場合は、一年を待たずして離婚できる。相手が離婚を申し出た場合は、話し合いに可能な限り応じること。

婚姻中は、他の異性と付き合わないこと。誤解を招く行動はとらないこと。

そして、これが後々、一番の問題となる――相手に対して、恋愛感情は持たないこと。

この契約の内容を取り決めた時、果菜はこう思った。

どれも、まあ大丈夫そうだと。問題なく遵守《じゅんしゅ》できそうだ。むしろ、余裕とさえ思った。

遼は住んでいる世界が違いすぎて、目の前にいてもまるでテレビの中にいる芸能人を見ているみたいな、とても遠い存在に思えた。

むこうも果菜に対してかなり壁を作っているような対応で、ビジネス然で淡々として冷たく、人間味もあまり感じられず、そんな相手に恋愛感情を抱くことはないと確信を持っていたのだ。

しかし、その考えはあっさりとひっくり返されてしまった。

それはまず、一緒に暮らしてみて、遼の性格が最初に感じたものと違っていたということが大きい。

果菜にしてみれば、騙されたという感じだ。

仕事を離れれば、遼は普通に気さくだった。割とあっけらかんとなんでも喋るし冗談も言うし、笑うし時には拗ねたりもする。

マシーンと言われるほどの血も涙もない冷徹な人間かと思っていたら、プライベートは普通に人間だった。このギャップは大きかった。

もちろん同居初日からふたりの壁がいきなり取っ払われたわけではない。最初はそれなりにぎくしゃくもした。

遼が用意した新居のマンションはかなりの広さがあり設備も豪華で、各自の部屋に専用のバストイレがついているため、顔を合わせなくても生活ができるようになっていた。それで最初は全く顔を合わせなかった。

果菜は自宅にいる時はなるべく部屋に閉じこもり、必要な時以外は共用部分――リビングやキッチンには行かないようにしていた。自室にはミニキッチンまで備え付けられており、簡単な調理はそこでもできた。

しかし、一か月ぐらい経つと、その生活に窮屈さを感じ、段々とストレスが溜まるようになってしまった。他人に気を遣いながら過ごす生活は、果菜が思うよりもずっと精神を疲弊させた。

そして、気付いた。果菜は遼がいるかいないかをいつも気にして常に遭遇に備えているが、遼はそうでもない。ごくたまに偶然顔を合わせても「いたのか」ぐらいで、特段何かを感じている様子もないし、そもそもそこまで家にいない。

つまり勝手に果菜がビクビクしているだけなのである。ただのひとり相撲。そう思うと、今までの自分の行動が急に馬鹿馬鹿しくなった。

だから部屋に閉じこもるのをやめた。豪華なキッチンで最先端の調理家電を使って好きに料理をし、広々としたリビングのびっくりするほど座り心地のいいソファで、スクリーンみたいに大きいテレビを見ながら気楽にくつろいだ。

遼は果菜のそういった変化に最初は少し驚いたみたいだった。果菜がリビングにいるのを見て、訝しそうな顔をした。

その顔を見て怖気づきそうになったが、そこで果菜は奮起した。いつまでも委縮してばかりではいられない。この生活はあと十一か月続くのだ。

遼に少しは慣れる必要がある。

そう思ってなるべく自然な感じを心掛けながら笑って『おかえりなさい』と言った。

遼はわずかな沈黙のあと、少し訝し気な表情を残しながらも『ただいま』と言ったように思う。

会話と呼べるほどのものでもない短い言葉のやり取り。しかし、このささいなきっかけから、ふたりは少しずつ、顔を合わせれば会話をするようになった。

はじめは挨拶。次に『荷物が届いた』とか『明日ハウスキーパーがくる』といった簡単な用件について話すようになり、次第に顔を合わせればちょっとした日常会話をするようになった。

遼も同じ家に住んでいる以上、多少の情報は共有しないといけないと感じたのか、『しばらく帰りが遅くなる』とか『明日から出張で家を空ける』など、大まかな予定を教えてくれるようになった。

そして、機械オンチの果菜が、普段使い慣れない高級家電の操作で躓いていると、『どうした?』と声を掛けてくれるまでになった頃。

遼の果菜への接し方が変わるきっかけとなったちょっとしたハプニングが起こった。

その日、果菜は仕事から帰宅後、キッチンにいた。夕食が終わって食後にコーヒーを飲もうとして、上の棚からコーヒーのストックを取ろうとしていたのだ。

果菜は女性としては身長が高めな部類に入るので、踏み台を使わずとも頑張れば上の方にも手が届く。

手を伸ばせばもう少しという感じだったので、横着して膝をキッチン台に少し乗せ、身を乗り出すようにしてぐいっと手を伸ばした、その時だった。

果菜にしてみればなんの前触れもなく、リビングの扉が開いた。

遼が帰宅したのだ。果菜は一瞬でそうと理解した。

そして自分が少々行儀の悪い体勢をとっていることを思い出し、まずいと思った。

無理に体勢を戻そうとして、バランスを崩し、伸ばしていた手の位置がずれた。

コーヒーの隣に置いてあった、小麦粉を入れた保存容器に指先が思い切りあたる。

その衝撃でその保存容器が果菜の方へ倒れてきた。

まずい、と思ったが、しかし果菜はバランスの崩れた身体を支えるのに精一杯だった。

咄嗟にキッチン台に手をつき、力を入れて堪える。

運の悪いことに、保存容器の蓋がちゃんと閉まってなかったらしく、倒れた衝撃でぱかっとそれが開いた。

結果、頭上から小麦粉が果菜に降り注いだ。

『……かはっ』

口に入ってきた粉を吸って果菜がむせる音が、しんとしたリビングに響き渡った。

(う、わあああ……何やってんの！)

あまりのドジぶりが恥ずかしすぎて、果菜の顔がみるみる赤くなる。

『ふっ……くくっ、あははっ』

きっと呆れているだろう。怖くて遼の方が見れないと思ったその瞬間、背後から堪えきれない、というように笑い声があがった。

それは間違いなく遼の声で。

思わず振り返ると、スーツ姿の遼が、端整な顔をくしゃっとさせてお腹を押さえて笑っていた。

『何やってんだよ。くくっ……すごい姿になってる。あはは』

その時、そんな大きな声を出して笑う遼を果菜は初めて見た。

驚いて固まっている果菜を尻目にひとしきり笑った後、遼は果菜にシャワーを浴びてくるように言ってくれ、なんとその間にまき散らした小麦粉を掃除してくれた。

果菜は当然、シャワー後に自分が片付けるつもりでいて。

きれいになっているキッチンの床を見て仰天し、遼に勢いよくお礼を言って大層恐縮した。

しかし遼は気にする様子もなく、面白いものが見れたからいいと言って、また笑ったのだ。

その時に果菜は、遼の性格は自分が思っているものとはだいぶ違っているのではないかという考えを抱いた。

それが確信に変わったのはまたそれから二か月後のある日。

果菜が体調を崩して熱を出し、一日中ベッドから起き上がれずに寝ていた日のこと。

部屋からまったく出てこない果菜が気になったのか、なんと遼が様子を見にきた。

この日、遼は初めて果菜の部屋に入った。

そして、熱とひどい頭痛、倦怠感で寝込む果菜を目にして驚きながら声を掛けてくれた。

『大丈夫か？　熱が……あるのか。汗がすごいな』

遼は果菜の状態を見て取ると、まずタオルを持ってきて汗を拭いてくれた。その後どこからかお粥と解熱剤とスポーツドリンクを調達してきて、飲まず食わずだった果菜に食事と水分を与え、薬を飲ませてくれた。

朝起きたら高熱が出てて身体が思うように動かせず、もしかしてこのまま死ぬのかな……と絶望すらしていた果菜にとって遼の看病は、涙が出るほどありがたいものだった。

実際泣きながら『死ぬかと思った。本当にありがとうございます』と感謝の言葉を呪文のように言っていたような記憶がうっすらある。

それに遼が『礼はいいからちゃんと寝ろ』と答えていたような記憶も。

遼は意外なほどに甲斐甲斐しく看病してくれ、フラフラの果菜がトイレに行こうとした時には扉までついてきてくれさえした。

そのおかげか、果菜の熱は無事に翌日には下がり、その次の日には会社にも行けるぐらい回復した。

元気になった果菜は遼に心の底から感謝し、お礼をしたいと申し出たが、『大したことはしてない』と素っ気なく断られた。

その取り付く島のない様子に、一旦は引いた果菜だったが、その三週間後に今度は遼が体調を崩し、微熱だからいいと断られても引かずに今度は自分の番だと言わんばかりに張り切って看病した。

多少ありがた迷惑までいっていた気もしなくはないが、遼は大人しく果菜の看病を受け入れた。

そこから、ふたりの距離は更に近付いた気がする。

（これで好きになるなっていう方が無理だよね……）

果菜は改めて思い返す。

その後のふたりといえば、家で顔を合わせると、自然と一緒に過ごすようになった。時には一緒に食事をしたり、お酒を飲んだり。たまたま時間が空いて一緒にリビングで映画を観たこともあった。

過ごす時間が長くなるうちにわかったのだが、遼は実はけっこう面倒くさがりで、細かいことはあまり気にしないタイプのようだった。だから段々果菜相手に取り繕うことが億劫になったのか、その態度は徐々に遠慮のないものになった。

そして、あまりかしこまられると疲れるという理由から、ある時から果菜の敬語が禁止になった。

『わかり、ました』

『じゃあ、そういうことで。あ、そうだ。俺明日は帰りがかなり遅くなると思う』

この頃、遼が早く帰ってこれる時は果菜が夕食を作り、ふたりで食べることが常になっていたので、遼は自分の帰宅時間をわかる範囲で教えてくれるようになっていた。

ついでのように伝えられた連絡事項に、いつものように答えようとした果菜だったが、途中で「敬語禁止」だったということも思い出し、言葉を詰まらせた。

『そうな……んで、だ』

結果、敬語と友達口調が混じってしまい、何だか変な言葉になってしまう。

『なにそれ』

それが面白かったのか、遼が吹き出した。くしゃっと顔を崩して笑う遼は気取りがなくて果菜は思わずどきっとしてしまう。

間違えた恥ずかしさもあって果菜は顔を赤らめた。

それを見た遼は『できるだけでいいよ』と笑いながら言ってくれた。

その優しさに果菜の鼓動はまたドキドキと速まった。

そういうやり取りを繰り返すうちに、果菜の方もいつの間にか、まるで友人に接するように話すようになっていた。

しかしだからと言って、もちろん男女の仲にはなっていないし、肉体的な接触は一切ない。

だけどその内に、果菜は自分が遼と一緒に過ごす時間を楽しいと思うようになっていることに気付いた。もっと一緒に過ごしたいとも。

遼と一緒にいると、自然体でいられるのだ。わかりやすく優しいタイプではないが、たまに出してくる優しさのタイミングが、果菜のことをずっと注意深く見ていたのではないかと思ってしまうほど絶妙で、ものすごく心に染みる時がある。

最初のうちはそういった自分の気持ちの変化に気付かないフリをしていたが、一緒に過ごすうちに、遼の顔を見る度に、その気持ちはどんどん膨らんでいく。

その間にも時間はどんどん過ぎて。

終わりを意識すればするほど、自分の気持ちに目を瞑ることができなくなってしまった。

「じゃあ延長するしかないんじゃない？」

束の間、物思いに沈んでいた果菜は、千尋の言葉にはっとなって顔を上げた。

「え？」

「だから、契約結婚の延長をお願いしたら？」

その言葉に果菜は驚いたように目をぱちぱちと瞬いた。

「む、むりでしょ。そんな延長なんて。だってむこうは契約結婚だから私と一緒にいてくれるだけで。そりゃ今は気さくに接してくれてるけど、それはあくまでも契約の間、波風立たないように気を遣ってくれているんだと思うんだよ。絶対、私に恋愛感情なんてない。そもそも、私なんか、気軽に話したりすることもできない立場の人だよ？」

果菜は悲痛な表情を浮かべてそう言った。

いくらなんでもうっかりがすぎたと果菜も思う。

本当はもっと自制をして、念には念を入れ、遼を好きにならないように気を付けるべきだった。

できるならば、契約結婚の最初の頃に戻って、その頃の自分に教え込みたい。

果菜は完全に油断していたのだ。恋愛に対して相当にモチベーションの低い自分が、マシーンのようにドライな男を好きになることはないと。

むしろ、他人と暮らすことに慣れてないから、同居を続けられるかが心配だった。だから、そのことばかり気にしていた。

そんな風に思っていたから、遼が思ったよりも『いい人』だったことは、果菜には歓迎すべき事態で。うっかりぼうっとしていたら、気付いた時には手遅れだった。

男性不信で恋愛なんて向いてないと思っていたのに、こんな簡単に深みにはまるなんて、恋とは、なんて厄介なものだと思う。

そして、これが恋と呼ぶべきものであれば、今まで果菜が経験してきたものは恋ではなく、ただそう思い込もうとしていたにすぎなかったのかもしれない。

こんなにコントロールできない感情を、果菜は初めて抱いたのである。

遼が果菜を気に掛けてくれるのは、契約結婚の相手だからにすぎない。そのぐらいの気遣いができる性格であることは、今ではわかっている。

わかっているからこそ、自分への態度を勘違いしてはならない。

遼は大企業の御曹司で。とんでもなく優秀でイケメンで、ちょっとわかりづらいところもあるが優しくて気遣いもできる。

自分とはまるで釣り合いの取れていない、本来は果菜からすると、雲の上の存在なのだ。

契約結婚の期間が終われば、簡単に話しかけることすらできなくなるだろう。だからだめだ。こんな気持ちは早く捨ててしまえ。早く引き返した方がいい。

何度も何度もそう思って言い聞かせたのに、今のところ、その試みはまったく成功していなかった。

「でも、果菜はこの契約結婚を本当の結婚にしたいんでしょう」

黙って果菜の話を聞いていた千尋がおもむろに口を開く。出てきた言葉はあまりに確信をついていて、果菜は思わず口ごもった。

迷うように視線を彷徨わせる。

本音を言えば、そうだ。遼とずっとこのまま一緒にいたい。できれば、遼にも自分を好きになってほしい。

しかし、契約結婚だから、条件の合う相手として、遼は自分を選んだのだ。

本当の結婚だったら、自分のような平凡な女は決して選ばないだろう。

だから、それは相当厚かましい願いであることはわかっていた。

「うん。絶対無理なことはわかってるけど……」

遼には絶対に言えないが、千尋にぐらいは本心を打ち明けたっていいだろう。果菜は頷いた。

「それは、キスとかセックスもありってことだよ？　そういうことをしてもいい相手として惹かれてるんだよね？」

確認するように言われて、これにも少々躊躇いがちながらも頷く。

果菜もいい大人だ。さすがに人間としての好意と恋愛的な意味としての好意を取り違えたりはしない。

男性としての遼に惹かれているのだ。

とは言っても、具体的なことまでは想像しているわけではないが、ドキドキはすれど、嫌な気持ちは全くなかった。

「うん。じゃあやれることをやった方がいいと思う」

「やれること？」

大きく頷きながら力強く発した千尋の言葉に果菜は首を傾げた。

「そう。一度離婚してしまったら、もうそこから……っていうのは難しいと思う。果菜が言うように、アストのイケメン御曹司なんて雲の上のような存在だし。雲の上に戻られたら私たち一般人はもう近付く術はないと思うの」

黒髪ストレートロングであまり化粧っ気もない千尋は一見すると大人しそうな印象を受けるが、実は割とはっきりと物を言う、しっかりした性格である。

果菜と違って冷静な性格をしていて、フラットな視点で物事を分析する力があるため、相談事において、的確なアドバイスをくれることが多い。

そんな千尋の言葉は、妙な説得力があった。

果菜は真剣な顔で同意を込めて頷いた。

「だから、なるべく契約結婚の期間を引き延ばす。その間に、自分を好きになってもらうように、努力するの。まあ具体的にどうするかはまた考える必要があると思うけど、とにかくまずは期間を延ばしてもらうために交渉しないと」

「……できるかな。一年で離婚ってはっきりと決めたのに」

果菜が不安そうに呟くと、隣に座る千尋ははげますようにその肩をぽんと叩いた。

「でも、正式な日程はお互いの状況を加味して決める、ともなってるんでしょ。仕事が忙しくて余裕がないから、とかもっともらしい理由で少しぐらいは後ろ倒しにしてもらうことぐらいはできるんじゃない？」

果菜よりはるかに忙しそうな遼を相手に仕事を理由にするのはどうなんだろうか。

そんな考えがちらりと頭を過ったが、果菜はそういったことを振り払うように「そうだね」と力強く言った。

「遼さんに話してみる」

正直、うまくいく見込みは低そうだが、何もやらないよりはましだ。千尋の言う通り、離婚してしまったらもう終わりなのだから。

果菜はそんな気持ちで覚悟を決めた。

第三章　契約結婚の行方

都内にある完全会員制ホテル内のフィットネスクラブに遼はいた。

ここは会社と自宅の中間ぐらいに位置するため、会社帰り、少し時間がある時にちょっと寄るのにちょうどよかった。

学生時代はバスケットボールをやっていたし、身体を動かすのは好きだが、今はそうそう時間がとれない。

だからちょっと時間が空いた時などに寄って体を動かすことで日々仕事で溜まるストレスを発散していた。

広くて器具も充実したスパ併設ジムもあるが、このフィットネスクラブは個室型のプライベートジムもいくつか用意されていて、人の目を気にせず無心でできるのも良い点だった。

今日も遼はプライベートジムの中にあるランニングマシーンを使って走っていた。

ただし、今日はひとりではない。隣にひとりの男性がいて、遼と同じようにランニングマシーンを使っている。

「この後、メシ行かない？　俺肉食べたくてさ。焼き肉行こうよ」

「無理。家に帰ってやることがある」

隣から掛けられた声に正面を向いたまま、遼はにべもなく断った。目の前はガラスばりになっていて、窓の外にはビル群が広がっている。闇の中に無数の明かりが煌めいていて、なかなかの眺望だった。

ただし、遼にとっては見慣れた光景だ。今更なんの感動もない。

（でも、果菜は気に入るかもしれないな）

ふと、そんな考えが頭を過る。契約条件を詰めた日、ホテルのスイートルームで興味ありげに窓の外を見ていたことを思い出したからだった。

「……ああ、奥さんね。家で待ってる人がいるっていいねえ」

「建志《けんし》だって彼女がいただろ」

「別れた」

「早すぎ。そんなだったら最初から付き合うなよ」

言いながら遼はマシーンを操作して走るスピードを上げる。建志はそれを見て、「えぐ」と言った。

隣の男の名前は三笠《みかさ》建志。大手繊維メーカーＭＩＫＡＳＡの社長は建志の父親だ。

建志は次男で気楽な立場を好み、会社を継ぐ気はないようだが、能力は高くMIKASAの中では統括部長という重要なポジションに就いている。

二社共同で運営しているスポーツブランドに使われている新素材の開発が成功したのも、実は建志の力が大きい。研究員の人材の確保や開発資金の調達を先導したのが建志で、社内では打ち切りの声もあった新素材開発のプロジェクトを陰ながら指揮していたのだ。

建志には先見の明があり、そういう、一見先細りしそうなプロジェクトを見出して成功に導く力があった。

しかし、その性格はと言うと、そんなに立派なものではない。明るくてノリは良いがちゃらんぽらんなところがあり、特に女性関係は褒められたものではなかった。顔も整っているのでモテるが、飽きっぽくて付き合ってはすぐに別れるを繰り返していた。

そんな建志と遼は大学時代からの友人だ。お互い、大企業の社長の息子ということで立場が似ていて共感できる部分が多かったし、何より建志はさっぱりしていて付き合いやすく、ウマも合った。

大学を卒業しても交流は続き、アストとMIKASAで共同プロジェクトを立ち上げてからは更に顔を合わせることが増えた。

プライベートでも食事に行ったり飲みに行ったり、顔を合わせることも多い。そういう時は今日みたいに話しながら一緒に身体を動かしていた。

「まさか、お前がうちの社員と結婚するとはね。しかも契約結婚。よく考えるよ」

「うるさい。お互いが納得してるんだからいいだろ」

長年の友人だけあって、遼もついつい言葉遣いが雑になってしまう。

よほど意外だったのか、建志からは今までも何回も同じようなことを言われていて、いい加減これについての受け答えが面倒になっていた。投げつけるように言いながら煩わしそうに眉を顰める。

建志には遼の結婚が契約結婚であることは言っていた。MIKASAの中にも事情を知る者がいた方が、果菜側に何か問題が起きた時に手を回しやすいと思ったからだった。

「でも、そろそろ契約満了だろ。その先のことは言ったのか？」

しかし、建志の次の言葉には、同じようにはできなかった。遼は前を向いたまま、

「いや、まだ」と短く言った。走るペースを上げたせいではっはっと短く息が乱れ始めていた。

「そろそろ言わないとな……」

その息の合間に、建志に聞こえるか聞こえないかぐらいの声で、遼はそう呟いた。

＊＊＊

（絶対美味しいはずなのに味がしない……）

目の前には、黄金色のソースがかかったとても美味しそうなオマールエビがのった皿が置かれている。

果菜はフォークでエビを刺すと、そっと口に運んだ。食べながら前に座る人物にちらりと視線を向ける。

「なに？」

すぐにバチンと目が合って、果菜は「なんでもない」と答えながら慌てて目を逸らした。

ドキドキと鼓動が速まる。なぜか、果菜は遼とホテルにあるフレンチレストランで食事をしていた。

果菜が契約結婚の延長をお願いしようと決意をした、あのあと。

帰ってきた遼を捕まえて話があると言ったら、じゃあ食事をしながら話そうと言われて、翌日に連れてこられたのがここだったのだ。

果菜のお給料なんかじゃとても気軽にこれないような、高級レストランだ。

天井からぶら下がる大きなシャンデリア、シャンパンゴールドで統一された気品溢れる店内に、洗練された所作のウエイターたち。

まるで別世界に連れてこられたかのような気分を味わえる場所。

当然、出される料理もすべて絶品のはずだ。

しかし、ものすごく緊張しているせいか、先ほどから果菜は何を食べてもろくに味がしていなかった。

（遼さんの話って絶対、離婚のことだよね……）

果菜が話があると言った時に、遼は「実は、俺も」と言った。

だから果菜は一気に現実に突き落とされてしまった。

一応、落ち着いたデザインのドレッシーなワンピースを着て、メイクもかなり念入りに仕上げてきたが、遼の『話』の内容が気になって、果菜はずっと気が気じゃなかった。

そして、レストランで食事を始めた頃には、ほとんど確信していた。

遼の話は十中八九、離婚で間違いない。いつ、離婚届を出すのか、お互いの両親にはどう報告するのか、住居はどうするのかといった具体的なことを話し合おうというのだろう。

だってここは、契約結婚の内容について話し合った際に使用したスイートルームがあるホテルだ。

もしかすると、また同じスイートルームが押さえてあって、食事後に遼はそこで話し合うつもりなのかもしれない。

（遼さんが言う前に、延長のことを切り出さないと）

そう思うのだが、改めて遼を目の前にすると、なかなか勇気が出ない。

もしかしたら、突っぱねられるかもしれない。真意を見透かされて呆れられるかも。

嫌な想像が脳内を駆け巡って、果菜は完全に怖気づいていた。

「どうした？　体調でも悪い？」

おそらく果菜は目の前のオマールエビをじっと見つめてしまっていたのだろう。

声が掛かって慌てて視線を上げると、遼が心配そうにこちらを見ていた。

「全然、そんなことないよ。あまりに美味しくて食べるのもったいなくなっちゃっただけ」

慌てて取り繕うようにそう言うと、遼がふっと笑った。

「そんなに気に入ったんだったら、俺のもあげる」

「え？　い、いいよ。ありがとう。でも大丈夫。あんまり食べちゃうと、この後入らなくなっちゃうかもしれないし」

「そう？　果菜だったらいけそうな気もするけど」

「それ、どういう意味」

冗談っぽく睨む真似をすると、遼ははっと笑った。その気取りのない笑顔に思わずきゅんとしてしまう。

きっと、果菜がレストランの雰囲気に緊張しているとでも思ったのだろう。気持ちがほぐれるように声を掛けてくれたのだ。

いつも、そうだ。遼の優しさはさりげない。見ていないようでちゃんと見ている。

遼からすれば果菜なんて、放っておいてもいい存在だろう。一年は一緒にいるけど、そのあとは他人。どう思われてもいいはずだ。

だけど、遼はいつもちゃんと果菜を尊重してくれる。そんな遼だから、果菜は好きになってしまったのだ。

果菜は白ワインが入ったグラスを手に取ってごくりと飲んだ。料理に合わせて、遼が頼んでくれたワイン。少し酸味があるが、すっきりとしていて飲みやすかった。

けれど実は、お酒はあまり強くない。特にワインは普段飲まないこともあって、いつもよりもアルコールのまわりが早い気がする。

しかし、かまわずに続けてもうひと口飲んだ。

遼が離婚のことを言い出す前に、あのことを切り出さないといけない。

いつ切り出されるのかとびくびくして、早くとは思いつつも、なかなか勇気が出ない。

だから、不本意ながらも勢い付けに少しアルコールの力を借りようと思ったのだ。

グラスを置くと、顔が少し熱いような感覚を覚えた。

「そんなに強い方じゃないんだから、飲みすぎるなよ」

果菜の様子に目ざとく気付いた遼がすかさずそう言った。

「うん。わかった」

それに果菜は素直に頷いた。

(もうちょっとだけ……)

もう少しだけ酔えば言えるかもしれない。少しフワフワしてきた頭で果菜はそう思った。

段々と緊張が解《ほぐ》れてきている。楽しい気持ちがこみ上げてきて、少し大胆なこともできそうな気がしていた。

そんな気持ちに押されるようにして、果菜は料理の合間にワインに口をつけた。

よく笑うようになった果菜を見て、遼は飲みすぎてないか、気にする素振りを何度か見せたが、果菜はその度に大丈夫だと力強く返答した。

そして。メインディッシュの和牛フィレ肉とフォアグラのポワレを食べ終えたあと。

デザートが運ばれてくるまで少し時間があった。

そのタイミングを察知して果菜は、今だと思った。

「あ、あの……遼さん。話があるって言ってたことなんだけど……」

意を決して話し出すと、遼は「ああ」と言って、真剣な顔でこちらを見た。

（……き、緊張する。でも平常心、平常心。きっと大丈夫）

切れ長の目で見つめられて、遠ざかっていた緊張がにわかに舞い戻ってくる。

果菜は、勢いを借りようと、もう一度グラスを手に持ち、中のワインをぐいっと飲み干した。そして、表情を引き締めて口を開いた。

「えっと、もうすぐ結婚してから、いち……う」

何とか出てきた言葉を繋ぎ合わせて途中まで話したところで、果菜はたまらず手で口を押さえた。何かが、胃のあたりからせり上がってくる気配を敏感に察知したのだ。

「果菜？　……どうした？」

遼の顔が訝し気なものに変わる。果菜はその顔を見ながら、そのせり上がってくるものを押し戻すかのように、無理矢理唾を呑み込んだ。

（まずい……気持ち悪いかも）

この時、果菜の顔色は蒼白に近いものにまで変わっていた。

こんな格式高いレストランのいかにも高級そうなテーブルに、まさか吐くわけにはいかない。

果菜は慌てて立ち上がった。またせり上がってくるものを必死に押し留める。

「ごめんなさい。ちょっとトイレ」

早口でそれだけ言うと、果菜は遼の返答を聞く前に、一目散にトイレへと急いだ。

「はあああ……」

翌日の正午過ぎ。果菜はランチタイムに千尋を誘って入ったうどん屋で、これ以上ないほど大きなため息をついていた。

「大失敗。ほんとやらかした」

どんよりとしたオーラを纏い、これ以上ないほど落ち込んでいる果菜を見て、千尋が励ますように口を開く。

「ちょっとワインを飲みすぎて、気分が悪くなっちゃっただけでしょ？　まあ誰しも何度か経験しているやらかしじゃない。そんなに気にしなくても」

「高級フレンチをご馳走になっている途中で高級ワインを気分が悪くなるほど飲みすぎる女なんてそうそういないよ。失礼すぎる。絶対呆れられた。いや軽蔑されたかも」

果菜は額に手を当てて頭を小さく振りながら呻くようにそう言った。

誰かに聞いてもらわないと自己嫌悪で押し潰されてしまいそう。

それぐらい、大変な失敗をやらかしてしまったと果菜は認識していた。

あのあと、トイレに駆け込んだ果菜は胃の中のものを吐いた。

その時に、思ったよりも飲みすぎていたことに気付いたがもうあとの祭りだった。

更に最悪なことに、一度気分が悪くなるとだめなのか、吐いたあとも気分は回復しなくて。

あまり長く席を外すと遼が心配すると思い、ある程度で切り上げて戻ったが、胃がむかむかする感覚は消えず、戻ってからも果菜の顔色は冴えなかった。

それに、当然遼が気付かないわけがない。

デザートをキャンセルしてお会計を済ますと、遼はさっさとタクシーで果菜を自宅へ連れ帰った。

遼は『酒に酔ったんだろ』とは言わなかった。ただ、『気分が悪そうだからもう家に帰ろう』とだけ言った。

そして、しっかり部屋まで送ってくれた。

何かあったら呼ぶようにと言い聞かせて。

当然、果菜の気分の悪さの原因がお酒だということに遼は気付いていたと思う。ただ、それを指摘すれば、果菜が気まずくなるとわかっていて、言わないでいてくれた。

遼は、そういう気遣いができる人間なのだ。

思い出すとまた泣きそうになってしまう。実際、果菜は自分の情けなさに、遼が去ったあとベッドの上で少し泣いた。

「……大事な日だったのに」

注文した山菜うどんがきたが、箸をつける気もおきず、ただ俯く果菜に、千尋がずいっと割り箸を突き出した。果菜は力なくそれを受け取る。

「もう。果菜が二日酔い気味だからうどんがいいって言ったんだよ。ほら、食べよ」

「ありがと」

進んで何かを食べる気にはなれなかったが、果菜は仕方なく割り箸を割ると、小さくうどんを啜った。ゆっくりと噛んで飲み込む。

だしの優しい味が元気のない胃に染みわたるようだった。

言わずもがな、果菜の昨日の目的は、遼に結婚期間の延長をお願いすることだった。

遼は話を聞くために食事の席まで設けてくれたのに。

それを言う勇気を出すためにワインを飲んで、そのワインで酔っ払うなんて本末転倒だ。しかもまさか、それで気分が悪くなり、その肝心のことを言えなくなるなんて。

何をやってるんだと、昨日の自分を罵倒したい気持ちだった。

「もう、言える気がしない。言ったとしてもたぶん……いや、絶対延長なんて無理だと思う」

せっかく高級フレンチをご馳走してもらったのに、その場で吐いてしまう女なんて、遼でなくても嫌がられるだろう。結婚期間を延長なんてとんでもない話だ。

それに、改めてお願いするとしたらまた仕切り直さなければならない。せっかくの席をぶち壊しにするようなことをして、もう一度なんて、とても言い出せないと思った。

「まあねえ……」

あまりに果菜が悲痛な顔をしていたせいか、千尋も、滅多なことは言えないと少し悩んだのかもしれない。

自分の前にきていたたぬきうどんを前に、顎に手を当てて何かを考えていたが、やがて顔を近付けると、声のトーンを落としながらもはっきりと言った。

「あのさ、こうなったら最終手段を使うしかないんじゃない？　……色仕掛けしかないよ」

「はあ⁉」

突然、思ってもみないことを言われて、果菜は目を白黒させてしまう。

驚いて受け止められないでいると、千尋は更に声を潜めて言葉を続けた。

「だから、最終手段だよ。露出の高い服を着てみるとか、さりげなくボディタッチしてみるとかして、女ってことを意識させるの。それで、少しでも効果があったらこっちのものでしょ？　結婚生活を続ける理由になる」

「私が色仕掛けなんて無理だよ。そういうタイプじゃないし」

果菜は勢いよく頭を振った。どう考えても無理だと思った。

遼がそんなことに引っ掛かるようには見えないし、果菜だってそんなことが器用にできるタイプではない。

「じゃあ、このまま何もしないでいいの？　放っておいたら終わっちゃうんだよ？」

「う……」

果菜は盛大に言葉に詰まってしまった。

実際その通りだったからだ。おそらく、このまま何もしなければ離婚一択だ。しかも昨日の失敗でその可能性はもっと高まっている。

それは、嫌だ。どうしても。

迷うように視線が泳ぐ。頭の中では色々な考えが駆け巡っていた。

しばらく思案したのち果菜は割り箸を置いた。

「わ、わかった。できたら……できたらだけど、やってみる」

そうして、不安げな顔をしながらも、そう言った。

「ほ、本当にいいの？」

「ああ。好きなものを選んだらいい」

それから数日後。果菜は遼となぜかドレスショップに来ていた。遼に高級ファッションブランドが主催するあるパーティーに一緒に参加してほしいと頼まれたからであった。

『色仕掛け』でいこうという作戦を立てたものの、それから大したことはできていない。恋愛経験値の低い果菜にしてみればその行動はかなりハードルが高く、決意したものの、何をどうしていいのか、わからなかったのだ。

　今までにパーティーの同伴を頼まれたことはなく、果菜はかなり戸惑ったが、出席にあたりできればパートナーが必要で、そのパートナーは結婚してるんだから妻ではなくては不自然と言われて、それもそうだよなと納得してしまった。

　それに、パーティーに参加すれば、遼と話す機会も増えるに違いないという淡い期待もあった。自然と密着したりして、少しは女性として意識してもらうことができるかもしれない。

　そうやって参加を決めたものの、果菜はパーティーに着ていくような服を持っていなかった。それで悩んでいたら、遼が『プレゼントさせてほしい』と申し出てくれ、パーティー前にお店に寄ったわけだった。

　その、今までにあまりない体験に、果菜の心は少し浮かれた。

　しかし、ふと値段を見て、その浮かれた気持ちはあっという間に吹っ飛んだ。果菜の予想と、桁がひとつ、ひどいとふたつ違っていたからである。

（一回しか着ないかもしれないのに。こんなに高いの……！）

まごつく果菜を横目に、遼は次々と傍に控える店員に果菜が手に取ったドレスを渡していく。

「い、いやそんなに、いいよ」

「とりあえず、着てみないとわからないんだから、色々と着てみたほうがいいと思う」

真面目な顔でそんなことを言われると、果菜も何も言えなくなる。

結果、たくさんのドレスと共に、果菜は試着室に籠ることとなった。

「うーん……可愛い系はやっぱ似合わないよなあ」

様々なドレスを前に悩んでいると、その中のひとつが目に留まった。

色はブルーグレーとでもいうのだろうか。青にもグレーにも見える、不思議な色だった。襟ぐりは開いているが、カットがきれいなのとレースがあしらわれていてあまり際どくは見えない。きゅっと絞られたウエストとふんわり広がっているスカートでメリハリがあり、スタイルがよく見えそうに感じた。

（これ、可愛い……）

ものは試しにと果菜はそのドレスにおそるおそる袖を通してみた。

鏡に全身を映してみると、予想した通り、かなりスタイルがよく見える。果菜はどちらかと言うと薄っぺらい体つきをしているが、適度にボリュームがあるように見えた。

可愛いというよりも落ち着いたデザインなので、似合わないという感じはない。むしろけっこう自分の雰囲気とフィットしているように思えた。

「いかがですか？」

その時、扉のむこうから店員が果菜に向かって声を掛けてきた。

その言葉に、果菜は条件反射で口を開いてしまう。

「えっと、着用は、できました」

「承知いたしました。よろしければ少し見させていただいてもよろしいですか？　何かお伝えできることがあるかもしれないので」

「あ、はい」

さすが高級ドレスショップの店員だけあって、対応はとても丁寧だった。「失礼します」という言葉のあと、すっと試着室の扉が開いた。

「よくお似合いですね。サイズも問題ないかと思います」

果菜の全身をじっと見たあと、店員はにっこりと笑ってそう言った。

「あ、ありがとうございます。あのでも、これだと下着が……」

ちらりと胸元に目をやりながら果菜が言いにくそうに伝えると、店員は笑顔のままで頷いた。

「そちらはまったく問題ございません」

「芦沢様。奥様の準備が整いました」

果菜が遼に連れられてきたそのお店は、ただドレスが売られているだけでなく、ヘア、メイク、ネイルなど、全身を整えてくれるトータルビューティーサロンでもあった。

ドレスが決まると椅子に座らされ、あれよあれよという間に、果菜は頭のてっぺんから足の先まで磨き上げられた。

そして、すべてが終わると、サロンのようなところでソファに座って待っていた遼の前にどーんと出された。

遼は手に持っていたタブレットから顔を上げると、果菜に視線を合わせた。その表情がはっとしたものに変わる。小さく息を呑んだ気がした。

立ち上がった遼は果菜の近くまで来て、またじっとその姿を見つめた。

「ど、どう？　なんか色々やってもらえたんだけど」

いつの間にか遼はスーツを着替えていた。おそらくパーティー用のものなのだろう。

光沢のある素材が使われたチャコールグレーのスリーピースのスーツを着ている。

それが信じられないほど、遼に似合っていた。

家にいる時のデニムとTシャツといったラフな格好でも絵になってしまう遼である。

身体にフィットしたスーツは遼のスタイルの良さを際立たせ、大人の色気を引き出し、華やかな雰囲気を纏わせる助けとなっていた。

おそろしく格好良い見た目のまま、至近距離で見つめられて、果菜の鼓動がにわかに速まる。

「……驚いた。すごく似合っている」

そこで遼はもう一度、果菜の上から下までを視線を動かして熱心に見ると、ふっと笑った。

「きれいだ」

その言葉を聞いた瞬間、かっと頬が熱を帯び、果菜は赤くなった顔を隠すために咄嗟に俯いた。

「……ありがとう」

やっとのことでそれだけを返す。こんなにまともに褒められたことがなくて、果菜はなんと返答していいのかわからなかった。

「じゃあ、行こうか」

遼の手が背中に回った。優しくエスコートされ、まるでお姫様にでもなった気分だ。果菜は夢見心地で店を出る。

店の前で待っていた黒塗りのハイヤーに乗り込み、会場へと向かった。

（……まるで、別人みたい。でもいくらぐらいかかったんだろう。きっとかなりの金額だよね）

上品なアップスタイルのヘアに、素材の良さを生かしつつも大人の魅力を引き出したメイクで、窓に映る自分はいつもと比べてかなりの美人に見えた。本当に自分ではないみたいで、プロってすごいと素直に感心してしまう。

その一方で、気になるのがそのお値段だった。どう考えても果菜のお給料では払えそうにない。

遼はプレゼントさせてほしいと言っていたから、きっと全部払ってくれるつもりなのだろう。もちろん果菜とは稼いでいる金額が違うので、遼にとってはなんてことのない金額なのかもしれないが、お飾りの妻にそこまでしてもらうのはなんだか申し訳なかった。

「……遼さん。あの、ここまでしてくれて本当にありがとうございます」

果菜は改めて遼に向き直ると丁寧にお礼を述べた。「私なんかのためにわざわざごめんなさい」と続けて謝る。

すると、遼は驚いた顔をした。

「別に果菜が謝る必要はない。俺の予定に付き合ってもらうわけだし、俺がしたくてしただけだから」

「でも……何から何まで用意してもらって。こんなの、すごいお金がかかったんじゃ……」

自分を見下ろしながら呟くと、横で遼がくすっと笑った。

「果菜は本当に欲がないな。渡したカードも全然使わないし。そんなに気にするほどかかってない」

実は果菜には、遼名義のクレジットカードが渡されていて、好きに使っていいと言われている。しかし、なんだか気が引けて果菜はそれを一度も使ったことがなかった。生活費は出してもらっていて、その時点でひとり暮らしをしていた時と比べるとけっこうなお金が浮いている。それで充分だった。

果菜が返答に困っていると、横から手が伸びてきて、膝の上に置いていた果菜の手の上に重なった。

果菜が突然の行動に驚いていると、遼は自分の手を果菜の手の下に滑り込ませて、指と指が絡むような状態にした。そして自分の方へ軽く引き寄せる。

つまり手を繋ぐような形になったわけなのである。遼の大きくて筋張った手をダイレクトに感じて、鼓動がドクドクと急速に速まっていく。

好きな人から突然にそんなことをされたのだ。嬉しかったがどうして急に……と戸惑いも大きかった。果菜が思わず問うような視線を向けると、遼は機嫌よさそうにふっと笑った。

「本当にきれいだよ」

その魅力的な笑みにまたどきっとしてしまう。

しかし、次の瞬間、果菜の脳裏に浮かんだことがあった。

(これって色仕掛け成功？)

少しぐらいは女性として意識してもらえたのではないだろうか。だって今まで、遼が果菜に触れようとしてきたことなんて一度もないのだから。

やっぱりこのドレスにしてよかったと果菜は改めて思った。

少しばかり望みが出てきた嬉しさとストレートに褒められた恥ずかしさがないまぜになり、果菜は思わず俯きつつもはにかんだ。

その表情を見ていた遼が何かを言いかけた――その時。

果菜の膝の上に置いていたバッグの中から、スマートフォンが鳴る音が聞こえた。

(やだ、音切るの忘れてた)

「ごめんなさい」

果菜は慌ててバッグからスマホを取り出し、着信音を切ろうとする。

「出ていいよ」

しかし、その操作の途中で隣からかかった声に思わず動きを止めた。

「え、でも」

「いや、俺は上司じゃないんだから、そんなに気にしなくていい」

笑いながらそう言われると、出ないのも逆におかしいかなと果菜は思った。ちらりと画面に視線を向けると、業務でもまあまあやり取りのある同期の男性社員の名前が表示されている。

「じゃあ……お言葉に甘えて」

言いながら果菜は通話ボタンを押して、スマホを耳に当てた。

「もしもし?」

「果菜……」

『あ、夏原？　ごめん。退社後に。今、大丈夫？』

　この同期はいつもやや声が大きい。会話が遼に聞こえるかもなと思いつつも、まあいいかと果菜は会話を続けた。

「大丈夫だよ」

『今月の同期会なんだけど、来る？　出欠の連絡がきてないの夏原だけだから、催促して悪いけど、教えて』

「……あ！　ごめん、連絡忘れてた」

　同期会とは、二か月に一回ぐらい、同期メンバーで集まってお酒を飲む会のことだ。その開催が今月末に迫っていて、連絡がきてから返信していなかったことを果菜は今更ながらに思い出した。

「ちょっと都合が悪くて、欠席でお願いします」

『オッケー。欠席ね。夏原最近あんまり参加してないよな。そういや富田《とみた》が気にしてたよ』

「富田君が？」

　思ってもみない名前を出されて、果菜はきょとんとしたが、すぐに合点した。富田は廊下で会うと、必ず声を掛けてくるような面倒見の良いタイプの人間だ。だから気にしてくれたのだろう。

『そうそう。あいつのためにもたまには顔出せよ』

「わかった。次回は参加するよ」

『おう。じゃあな』

「うん。またね」

そこで果菜は電話を切った。ふうっと息を吐いてからスマホをバッグに仕舞う。

「ごめんなさい。ありがとう」

それからお礼を言いながら遼の方を向いて、果菜はあることに気付いた。

遼はなぜか果菜をじっと見ていた。その目が若干鋭さを帯びているような気がしたのだ。

「……富田って、誰？」

まさかそこを突っ込まれるとは思わず、果菜はぱちぱちと目を瞬いた。

「……同期、だけど……？」

それがどうかしたのだろうか。

不思議そうに首を傾げる果菜に遼は言葉を続けた。

「親しいのか？」

「えっ、そんなことないけど。仲間うちのリーダー的な存在だから、私だけじゃなくみんなのことを気にかけているだけだよ」

おそらく会話の大半が聞こえていたのだろうと思った果菜は慌てて否定する。言葉の通り、富田とはただの同期で特別親しいわけではなかった。

「ふたりで飲みに行ったことは？」

「な、ないよ」

（え、これってもしかして、富田君が男性だから気にしてる……？）

なんだか嫉妬みたいではないか。

そう思った瞬間、ドキドキと鼓動が一気に速まるのを感じた。

（いやいや、さすがにそれはないか。異性と親しくしないって契約にあるから気にしてるだけだよ）

浮足立ちそうな気持ちを抑えるために、勘違いするなと必死で言い聞かす。

しかし、そんな果菜の気持ちを翻弄するみたいに、果菜が電話に出る時に一旦離れてしまった手を、遼がもう一回、ぎゅっと握った。

鼓動が更に速まって果菜の頬にさっと赤みが差す。心臓が早鐘を打ち、痛いぐらいだった。

「果菜は俺の妻なんだから、他の男と親しくするのはだめだろ」

遼は身体を傾けながら、繋いだ手をぐいっと自分の方へ引っ張った。その勢いで果菜の身体が倒れる。

次の瞬間、ふたりの顔の距離が一気に縮まった。

(え！　これって……)

と、その時だった。

「そろそろ目的地に到着します」

ハイヤーの運転手の声が前方からかかった。

見れば何やら煌びやかな建物に向かって車が減速していくところだった。

「……わかった」

遼が短く答える。果菜はその横で同じ体勢のまま、しばらく動けなかった。

その建物に一歩足を踏み入れると、そこには別世界が広がっていた。

古城を思わせるヨーロピアンテイストの内装で統一された会場内は、ロココ調のテーブルなどが置かれ、まるで舞踏会に来たのではと思うほど、華やかな雰囲気に満たされていた。

その中で多くの人が飲み物やフィンガーフードを片手に立ち話に興じている。

（あ、あの人、女優さんだ……見たことある。あの人はモデルだし）

見ると、芸能人や有名人がちらほらいて果菜は驚いた。

果菜でも名前を聞いたことがある高級ファッションブランドから、姉妹ブランドができ、その設立祝いのパーティーと聞いていたが、どうやらかなり大々的なものらしい。

外に取材と思われるマスコミ関係者が来ていたし、出席者もおしゃれな人が目立ち、業界関係者も多く出席していそうな雰囲気で、果菜は自分が浮いてないかちょっと心配になった。

「遼！」

会場に足を踏み入れた早々に、少し離れたところから声が掛かって、果菜は思わず声の主を探す。するとむこうから、ひとりの男性が手を振りながら近付いてきた。

「建志。早いなもう来てたのか」

「おう。来てくれてありがとう。果菜さんも一緒にすみません」

「いえ……三笠部長。お誘いいただきありがとうございます」

今回のパーティーは建志を通して招待がきたものだと聞いていた果菜は、ふたりの傍まで来た建志に丁寧にお礼を言った。

遼と建志が大学時代からの友人であったことは、遼と結婚してから知った。とは言うものの、そもそも建志のことは名前ぐらいしか知らなかったので、話をするようになったのは、遼と結婚してからのことだった。

MIKASAはそれなりに社員数が多いので、全社員と顔見知りな訳ではない。接点のない部署には名前も顔も知らない人も多くいた。

しかし建志に限って言えば、統括部長という社内でもかなり上の方の地位に就いていることと、「社長の息子」ということで、社内では知らない人はいないぐらいの有名人だったためその存在は知っていた。

けれど、当然建志は果菜のことは知らなかっただろう。だからもしかすると驚いたかもしれない。いきなり自分の会社の総務の地味な女が遼と結婚したのだから。

果菜は改めてふたりを見た。

建志は遼と同じぐらい背が高かった。加えて、建志もなかなかのイケメンなので、ふたり並ぶとなかなかの迫力だ。

建志は目尻が下がっていて、いわゆる甘いマスクのイケメンの部類だった。

「今は部長はなしでいいですよ。あなたは遼の奥さんなんだから。会社での立場は忘れましょう」

爽やかな笑みを向けられて、果菜は「お気遣いありがとうございます」と返す。

しかし、心の中では少しだけ気まずさがあった。

おそらく、建志は遼と果菜が契約結婚であることを知っている。

遼から、ＭＩＫＡＳＡに信頼できる友人がいて、何かあった時に協力を仰ぐためにその人だけに契約結婚のことを話すと入籍した時に言われたからだった。

そして、あとから建志と長年の友人であることを聞かされたら、もうその『信頼できる友人』は建志で間違いないと言っているようなものだろう。

建志とふたりで話す機会がないので、そのことについて面と向かって話したことはないが、果菜は勝手にそうだろうと思っていた。

だから、あまり妻扱いされると気まずいのだ。

「早速で悪いけど、ここのブランドの社長がお前に挨拶したいと言っている。それだけやってくれたらあとは自由にしてくれていいから」

「わかった」

近付いて耳打ちで言われた言葉に頷いた遼は果菜の腰に手を回すと、「行こう」と押した。

（え、私も⁉）

これに果菜は少なからず驚く。建志の口ぶりからして明らかにビジネス的な繋がりを意識した『挨拶』だろう。それに遼が果菜を連れていくなんて思わなかったのだ。

「建志とふたりにされても困るだろ」

建志が呼んだ女性に案内されながら歩いていると、隣から遼が抑えた声で耳打ちしてきた。その距離の近さに思わずどきっとしてしまう。

「そんなことは……まあちょっと……あるかも」

一応否定しようと思ったが、それをまるきり本心だと信じられてあとからふたりきりにされることがあったりしたら困るので、途中からもごもごとしてしまう。

建志はノリが軽すぎるところがある。女性関係もハデそうだ。正直なところ、果菜はそういったタイプの男性はあまり得意ではなかった。なんだかノリが合わないような気がしてしまうのだ。

建前と本音の間で迷う果菜を見て、くすりと遼が笑った。

「この後の挨拶もたぶんつまんないと思うけど、隣でぼーっとしてくれてていいから」

「え……そんな訳には」

遼は「ただの挨拶だから」と言って、気にする様子はなかったが、さすがにその通りにするわけにもいかず、果菜はその後、連れていかれた先でずっと愛想よくにこにこと笑っていた。

そうして挨拶が済んで。

あとは特にやることはないからと言われて、果菜は普通に遼とパーティーを楽しんでいた。

ちらほら顔見知りがいるらしく、時たま遼に挨拶をしにくる人はいるが、通り一遍の言葉を交わすと去っていって、それぐらいだ。

ふたりでシャンパンを飲んだり、軽食を食べたり。設けてあるステージで行われている余興を眺めてみたり。

果菜はこういうパーティーに出たことがないので、見るものすべてが新鮮でなんだかいるだけで楽しかった。

パートナーが必要という話だったので、果菜としては何かしら求められる役割があると思ったのだが。

(これ、私必要だった……?)

なんだかあまり役に立ってない気がする。果菜がしていることといえば、遼が取ってきてくれるサンドイッチやオードブル、フルーツやスイーツを美味しく食べているだけだ。

むしろ世話を焼かれてしまっている気がする。

そんな、自分の存在意義について、果菜が気になり始めた時だった。

最初に顔を合わせてからしばらく姿を見ていなかった建志がむこうから歩いてくるのが視界の端に見えた。隣に、遠目から見てもすごくスタイルの良い、明らかに華やかな雰囲気の女性を連れている。

(三笠部長の彼女かな?)

建志がまだ結婚していないことは、社内では有名な話で果菜も知っていた。連れて歩いている女性がしょっちゅう変わっていることも噂になっていたことがあった。

そんな人だから、隣に女性がいることは不思議でもなんでもなく、果菜も特に何も考えず見ていたのだが。

ふたりは遼と果菜のところまでまっすぐ歩いてくる。しかし、ここで果菜にとっては予想外のことが起こった。

あと数歩というところまできた時、その女性が駆け寄るようにして一気に距離を詰めて遼に抱き着いたのだ。

「遼！　久しぶり。会いたかった！」

「……絵里衣《えりい》!?」

どうやら遼はその女性の方に注意を払っていなかったらしく、いきなり抱き着かれて驚き、相手の正体を確認して、更に驚いたような顔をした。

（え、絵里衣……!?）

しかし、それよりももっと驚いたのは果菜である。呆気に取られた顔をしてその女性を横から見つめた。

遼はすぐにはっとした顔をして、腕を突っ張って絵里衣と呼んだ女性と距離を取った。

「絵里衣、ここは日本だからそういう挨拶はやめろ」

「ええ？　水臭いよ、遼。私たちの仲じゃない」

「そうやって誤解を招く言葉を言うのもやめろ」

遼は言いながらあとからやってきた建志をちらりと見る。気のせいかもしれないが、建志がその視線を受けて「ごめん」とアイコンタクトを送ったように見えた。

「遼ったらしばらく見ない内にずいぶん堅くなっちゃったね。昔はそんなこと言わなかったのに」

「いつの話をしてんだ。あれから十年以上経ってる。それに、俺は結婚した」

遼は無表情で淡々と絵里衣に言葉を返すと、果菜をちらりと見た。

「彼女が俺の妻の果菜だ」

腰を抱き寄せながら言われて、期せずして遼にぴったりと寄り添うような体勢になってしまった果菜は内心慌てた。

一緒に暮らしてはいるが、こんなに近付くことなんて今までほとんどなかった。けれど、今日はエスコートをしてくれるせいだとは思うが、常に距離が近すぎる。

果菜の心臓がバクバクしっぱなしだった。少しは慣れたと思っても、こうやっていきなり密着されると、触れている部分に意識が向きすぎて、まるでその部分が発熱したかのように熱くなってしまう。

「はじめまして、果菜です」

しかし果菜は内心の動揺を押し殺して、平静を装って挨拶した。どんな関係かはわからないし、抱き着いたり、まるで過去関係でもあったかのような口ぶりだったりが大いにモヤモヤして気になるところだが、今の自分の立場は妻だ。

つれない態度であしらってから果菜を紹介したところを見ると、遼は彼女と積極的に関わり合いたくないように感じる。となると、毅然とした態度が求められていると思ったのだ。

絵里衣はそこで今初めて気付いたかのように果菜を見た。

上から下まで、不躾なまでにジロジロと見たあと、かすかに顎を上げ、見下ろすような角度のままにっこりと笑った。

「はじめまして。野田《のだ》絵里衣です」

「絵里衣は、大学時代の友人の妹で、三つ下で同じ大学だったからその時に知り合った。卒業後は顔を合わせる機会も減っていたが、確か数年前にアメリカで結婚したって」

「結婚じゃなくて婚約。しかもそれは破談になった。それで、日本に戻ってきたの」

自己紹介を引き継いだ遼が、丁寧に関係を説明してくれているところに絵里衣の声が重なる。絵里衣はさらりと付け加えるように言うと、遼にさりげなく近付きながら、甘えるようにその腕に手を掛けた。

「破談？　何かあったのか？」

「ううん。すっごいイケメンだし、エリートだし、優しいし、とってもいい人だったんだけど、アメリカ人ってやっぱり何か違うなって。ちょっとフィーリングが合わなかったんだよね。それでなんか急に嫌になっちゃって」

あっけからんと言うと、掴まれた腕を引き抜こうとする遼を引き留めるように、絵里衣は自分の腕を遼の腕に絡ませた。

（友人の、妹……）

どうやらこの絵里衣という女性はだいぶ奔放なようだ。果菜は何も言わずにその自由度溢れる行動を眺めていたが、妻と紹介された人間が目の前にいるのにもかかわらず、配慮の欠片《かけら》もない無遠慮ぶりにこめかみがぴくぴくと引き攣るのを感じた。

これまでの行動から察するに、きっと浮世離れした立場でたぶん果菜の常識は通用しないのだろう。

遼の大学時代の友人の妹ということは、おそらく裕福な家庭の出で、もしかするとどこかのお嬢様といった身分なのかもしれない。

それに加えて、絵里衣はかなりの美人だ。

目尻がきゅっと上がっていて勝気そうな瞳をしているため、気が強そうな印象は受けるが、小さい顔にはっきりとした目鼻立ちは十分に魅力的な部類に入るだろう。

また、ぴったりとフィットしたドレスを着ているために身体のラインがはっきりと出ていて、ボリュームのある胸、くびれた腰、きゅっと上がったお尻とかなりスタイルがいいのがわかる。

はっきり言って、外見だけで比べたら果菜は完敗といったところだろう。勝ち誇った顔になるのも頷ける。

確かに今日の果菜はかなり盛っているが、素材の差が明白であれば、そこからいくら底上げしてもたかが知れている。その点では完全に力不足で果菜は遼に申し訳なく感じた。

しかし、その一方で、元カノではなかったことに果菜はだいぶ安堵していた。

絵里衣が遼に気があるのは一目瞭然だが、どうやら遼はそうでもないように見える。

もしこれが元カノだったとすると、一度は好きになった女性な訳で。

そうなったら果菜としてもかなり複雑だ。契約結婚の妻ではどう考えても勝ち目がないだろう。

「遼ったら、いつの間にか結婚してるんだもん。びっくりしちゃった。結婚願望ないって言ってたのに、結婚する気があったのならそう言ってよ」

まるで私が結婚してあげたのに、とでも言いそうな口ぶりに、果菜は思わずきゅっと唇を引き結んだ。

同時に遼の眉間に皺が寄る。遼ははあ、とわかりやすくため息をついた。

「絵里衣、いい加減にしろ。飲みすぎだぞ」

その時、黙って近くで事の成り行きを見ていたらしい建志が口を挟んだ。絵里衣の腕を引いて、遼から引き離しにかかる。

「なに、私全然飲んでなんかないんだけど」

煩わしそうに建志を睨みながら絵里衣が声を上げる。しかし、建志はそれには取り合わず、やや強引に絵里衣を自分の方に引き寄せた。

「ちょっと！　私にそんな態度取っていいと思ってるの？」

「遼、悪い。そろそろ帰る時間だよな？　今日は来てくれてありがとな」

絵里衣を抱え込むようにしながら、建志は騒ぐ絵里衣を無視して早口に遼にそう言った。

「……ああ。じゃあ、また」

遼はすぐにその意図を察したのか、短く返すと、果菜の背中を軽く押した。

「行こう」

果菜は小さく頷く。確かにここは去った方がよさそうだ。音楽と人々の話声で周囲が煩いため、それほど目立ったわけではないが、絵里衣が建志に向かって声を荒らげたあたりから、ちらちらとこちらに視線が向けられるのを果菜は敏感に察知していた。

会場を出て廊下を抜けそのまま出入り口に向かう。その途中で果菜は遼に合図をしながら足を止めた。

「ごめんなさい。出る前にトイレに行ってきてもいい？」

その言葉に遼はすぐに頷いた。

「もちろん。場所わかる？　一緒に行こうか？」

「大丈夫」

途中で一度行ったので、場所はわかるつもりだった。

「わかった。このあたりで待ってる」

果菜は遼にお礼を言うと、足早にトイレに向かった。

別にすごく尿意が迫っていたわけではなかったが、遼を待たせている状況に多少気が急いた。奥まった場所にあるトイレにたどり着き、手早く済ませると、廊下に戻る扉を押す。

「あ、ごめんなさい」

すると、開いた扉の先から入ってきた人がいて、果菜は慌てて横に避けた。

「……あなた、さっきの」

ふたりがお互いに気付いたのは、ちょうど同時だった。果菜は声には出さなかったものの、その目立つ容姿から、今自分の目の前に現れたのがつい先ほど会った絵里衣だということがすぐにわかった。

視線が交差する。嫌な偶然だと果菜は思った。

果菜の絵里衣に対する印象は最悪だ。遼はちゃんと妻だと紹介してくれていたのに、それを歯牙にもかけず目の前で遼にベタベタしていた。いくら外国にいたからといっても、非常識な態度だと果菜は思った。

自分がとても軽んじられていたことはわかっていた。だから、ここで絵里衣に愛想の良い対応をできる気がしなかった。

「先ほどはどうも」

それでも、無視するわけにもいかず、果菜はぎこちなく挨拶をすると、「失礼します」と言いながら絵里衣の横を通り過ぎようとした。

「待って」

果菜が閉まってしまった扉に再度手を掛けた時、どういうわけだか絵里衣が振り返って果菜を呼び止めた。

この時、果菜は何だか嫌な予感がしていた。ろくな話じゃなさそうだと直感がいっている。

「すみません。急いでいますので」

一瞬の間で色々な可能性を考えた果菜は、結局はやり過ごすことを選択し、申し訳なさそうに聞こえるトーンでそう言うと、扉を押した。

（だって、絶対に何か文句言われそうだし）

言われることは大体想像がつく。果菜は廊下に出ると、足早にそこを去ろうとした。

「待ちなさいよ」

しかし、驚くべきことに、掛けられた声に振り向くと絵里衣も果菜を追って廊下に出てきていた。まさかそこまでされるとは思わず果菜は目を見開く。

「な、なにか？」

「なにかじゃないわよ。あなたに聞きたいことがあるの」

つん、と顎を突き出して、高圧的な口調でそう言った絵里衣は、腕組みをして果菜を見据えた。

「どうやって遼に取り入ったの？」

ほぼ想像通りの言葉に、果菜の眉間に思わず皺が寄ってしまう。おそらくは、「こんな平凡な女が遼と結婚するなんて、何か汚い手を使ったに違いない」とでも思っているのだろう。

「どうやっても何も……」

果菜は曖昧に返答しながら、これは困ったことになったと思った。

別に特に果菜が何かをしたわけではない。今のところはただの契約結婚だ。しかし、それを言うわけにはいかないだろう。

「何もしていないのに、勝手に遼が好きになってくれたってわけ？　そんなことあり得ないでしょう」

果菜はそんなつもりはなかったが、煮え切らない態度が癇に障ったのか、絵里衣が苛立った声を出した。

これに、ますます果菜は困ってしまう。別に遼が好きになってくれたわけでもないのだが、そんなことを言えば絵里衣は、だったら何なのか、とますます追及してくるだろう。それに答えることが果菜にはできない。

「勝手に……というわけではないですけど。まあ、タイミングがよかったというか……」

仕方なく果菜はぼそぼそと言い訳めいたことを口にした。適当にお茶を濁す心づもりだった。

「なにそれ。そんなぼんやりした考えなの？　あの遼を夫にしたっていうのに」

呆れたように言われて、さすがの果菜もカチンときてしまう。

ふたりのことに絵里衣は関係ないのに、どうしてこんな風に言われないといけないのか。果菜は心外そうに絵里衣を見ながら何か言い返す言葉はないかと探した。

「これじゃあ、取って代わろうとするのは簡単ね。みじめな思いをする前に自分から離婚した方がいいんじゃないの？」

「ちょっと」

あまりの言いように、果菜が注意しようとしたその時、だった。

「果菜」

自分の名前を呼ぶ声に振り向くと、遼と建志がふたりそろってこちらに向かって歩いてきているところだった。

「遼さん」

「時間がかかっているから何かあったのかと思って迎えにきた。大丈夫？」

遼は果菜のところまで来ると、心配そうにその顔を覗き込んだ。

「う、うん」

その態度が本当に果菜を大切にしているみたいで、図らずもどきっとしてしまう。

そんな反応を隠すように、果菜は力強く頷いた。

「絵里衣。果菜を捕まえて何をしている？」

ほっとしたような表情を見せた遼だったが、顔を上げると、冷たい雰囲気を纏って絵里衣を振り返った。そこから果菜を守るように一歩前に出て、遼は絵里衣を見据える。

「捕まえてって。私は何も。たまたまトイレで会ったからちょっと話してただけじゃない」

「何か言ったんじゃないか」

「言ってないわよ」

決め付けるような言い方をされてむっときたのか、絵里衣の口調が強くなる。忌々しそうに果菜を睨んだ。

「絵里衣。果菜さんは遼の奥さんなんだから、態度に気を付けないと」

「だから何も言ってないって言ってるでしょ！」

横から建志にまで言われて、相当にイライラとしてしまったのか、絵里衣の口調が投げつけるようなものに変化する。

「自分は黙っちゃって。嫌な女ね。あなたって」

そして、その矛先はなぜか果菜に向かった。「絵里衣」と遼が非難めいた声をあげる。

果菜をもう一度睨むと、絵里衣はぷいっというように顔を背けて、トイレに戻っていった。

「私、もう行くわ」

帰りの車の中では、果菜は黙って窓の外を見ていた。

途中まではとてもいい感じだったのに、絵里衣の登場から雲行きが怪しくなり、最後はなんだかとても後味が悪い感じで終わってしまった。その雰囲気を引きずり、何となくふたりの間にも気まずい空気が流れていた。

『取って代わろうとするのは簡単ね』

絵里衣のその言葉が脳裏に蘇る。果菜にとっては、なかなか痛い言葉だった。人に対して、簡単に言ってはいけない言葉だとは思う。しかし的を射ているのもまた事実だった。

絵里衣はなかなか強烈な性格をしているが、その存在感は圧倒的だった。遼と同じ世界の住人。そんな感じがした。

建志ももちろんそちら側の住人だ。今日、遼に声を掛けてきた人々も。しかし、果菜だけが違う。何だかそれを突き付けられたような気分だった。

やっぱり結婚生活の継続なんて望んではいけないのではないだろうか。所詮、一年間だけだから成り立つ関係。それを前提にしているからこそ、遼は果菜に優しくしてくれるのではないのだろうか。

好きになってはいけない人だった。雲の上と下。住む世界が違う。結局は埋まることのない隔たりがふたりの間にはある。そんな考えばかりが頭の中をぐるぐるしていた。

「疲れた？」

不意に隣から声を掛けられて、見れば遼が案じるような表情でこちらを見ていた。

「ううん、大丈夫」

あまりに暗くしていたから、気を遣わせてしまっただろうか。果菜の脳裏にふとそんな考えが過る。だから果菜は遼を安心させるかのように、無理矢理に笑みを浮かべた。

「やっぱり絵里衣に何か言われた？　絵里衣の父親は『野田商事《のだしょうじ》』の社長だ。いわゆるいいとこのお嬢様でかなり甘やかされて育っているから、言っていいことと悪いことの区別があまりついていないんだ。何か失礼なことを言われたんだったら、教えてほしい」

ずっと気にしていたのか、遼が窺うような視線を向けてくる。果菜は無意識に唇を引き結んでいた。

絵里衣に言われたことを遼に告げれば、その一瞬は気持ちが軽くなるのかもしれない。しかし、遼の反応次第では、もっと落ち込むことになるかもしれないと果菜は思った。

だってふたりは所詮、契約結婚だ。果菜は遼の条件に当てはまったから選ばれただけ。別に果菜が良くて遼は結婚したわけではない。

しかし果菜は遼を好きになってしまった。遼も果菜への気持ちがあれば別だが、そうでなければ絵里衣の発言など、「ふーん」ぐらいのものだろう。別に絵里衣は果菜の容姿や人格について何かを言ったわけではないのだから。

「……別に何も言われてないよ」

果菜は迷うように口を開けたり閉じたりしたあと、結局はそう言った。

「……そうか」

その声がいつもより少し低く聞こえて、果菜は思わず遼の顔を見た。

心なしかその表情ががっかりしているように見えて、戸惑ってしまう。

これ以上何を言えばいいかわからず果菜が黙ると、ふたりの間に何とも言えない沈黙が落ちた。

「あ、あの、今日は本当にありがとう」

そのまましばらく黙っていた果菜だったが、あまりに気詰まりな空気に耐えられず、おそるおそる口を開いた。

「いや、むしろ礼を言うのは俺の方だよ。果菜は付き合ってくれたんだから」

何か様子がおかしいように思ったが、そう言って笑みを浮かべる遼に果菜はほっとする。

応えるように果菜も笑いながら首を振った。

「そんなことないよ。こんな素敵なドレスもプレゼントしてくれたし、それに、あんなに華やかなパーティーに出たのも初めてで、すごく楽しかった」

その気持ちは絵里衣の登場でかなり削がれたが、パーティー自体はすごく楽しかったことは本当だった。遼のエスコートも完璧でまるでお姫様のような心地を味わうことができた。

だからこのことで遼にこれ以上何かを気にして欲しくはない。果菜はそんな気持ちで言葉を続けた。

「会場も素敵だったし、料理も美味しかったし、本当に、いい経験させてもらえてありがとう。良い思い出ができた」

精一杯の笑顔で微笑む。しかし、遼の顔を見て、果菜はあれっと思った。

「……思い出？」

そう呟いた遼は何かとても引っかかったような顔をしていた。それから、まるで難解な問題にぶち当たったかのように、眉を顰めた。

（え、私そんな変なこと言った？）

この遼の反応に果菜は困ってしまう。どうしたんだろうと思いながら遼の顔を覗き込んだ。

「遼さん？」

「思い出って言った？」

どうやら「思い出」という言葉に、遼は引っかかっているらしい。その理由の見当がつかない果菜は首を傾げた。

「そう……だけど？　だって私はこういうパーティーに出席する機会なんて滅多にないし」

「……そうか」

遼はとても複雑そうな顔をして、ひと言そう言うと、それきり黙ってしまった。

何かを考えている様子に話しかけることが憚られて、果菜もそれ以上は口を開けなかった。そうなると、果菜もまた暗い考えが頭をもたげてしまう。

その後の車内はとても重苦しい空気になってしまった。


車は夜の街を泳ぐように進み、予想以上に早く、自宅マンション前に到着した。

遼は降りる時に手を貸してくれたが、「ありがとう」「いや」以上に会話はなかった。

それは自宅前に着いて、玄関から廊下へ進む時まで同じで。

だから果菜はおやすみの挨拶だけして、そのまま自分の部屋に引き上げようとした。

「待って」

しかし、果菜が背を向ける前に、その腕を掴んだ手があった。

「果菜はこのまま俺と離婚する気?」

「え?」

その突然の言葉に、果菜は固まった。

「ごめん、唐突に。だけどそろそろ話をしなくてはいけないとずっと思っていた。俺たち、もうすぐ約束の一年だよな。そろそろ、離婚について考えなくちゃいけない」

それは本当に唐突で。

まさかこのタイミングで言われるとは思わず、果菜は表情を凍らせた。

（うそ。待って。私まだ何にもできてない……！）

確かにほんの少し前までは、果菜は遼との結婚生活の延長を望んでいて。

それを何とか現実にしたくて、延長をお願いしてみようとか、色仕掛けで気持ちを少しでも向けさせようとか、色々と計画を練っていた。

しかし、それは全部、失敗に終わり。

そもそもそんなことを望むこと自体が間違いで、潔く身を引くべきなのではないかという迷いが生じる事態に陥っていたのだ。

そんな微妙な心境の時に色々言われても、この先、後悔しないと思える行動が取れるか、今の果菜には自信がなかった。

——今は、やめて。もう少しだけ気持ちを整理する時間が欲しい。

そんな感情が沸き上がったが、しかしそれを素直に遼に言うわけにもいかず、果菜はまるで迷子の子どものような、不安そうな顔で遼を見上げた。

すると、果菜を見た遼が焦ったように口を開いた。

「そんな顔するなよ。でも、ごめん。果菜がどう考えていようとも、俺はこの先果菜と離婚する気はない」

れない。

「……え」

あまりに予想外のことを言われると、人は何も考えられなくなってしまうのかもし

遼の言葉は果菜にとって、あまりに思ってもみないものだった。確かに、心から希望していた言葉ではあったが、まさか遼の方から言ってくるとは思わなかったのだ。

それ故、果菜はぽかんとした表情のまま、ただ呆然と遼を見上げた。

「契約違反なのはわかっている。でも、だめなんだ。どうあっても果菜と離婚することはできない。果菜とずっと一緒にいたい。放したくないんだ」

まさかこんなことを言われるなんて。

果菜は息を呑んだ。信じられないというように、手で口元を覆う。

「うそ……」

自分が思い描いていたことが現実となった。

しかし、それはあまりにも自分に都合が良すぎて、何だかとても信じられなかった。

「嘘じゃない。果菜、お願いだから考え直してほしい。離婚をやめて結婚を継続することに同意してくれないか」

「あ……う、うん。わかった」

懇願するように言われて、つい、条件反射のように頷いてしまう。

いいかだめかを聞かれたら、それはもちろんイエスだ。

果菜は遼と離婚するのをどうしても避けたかったのだから。

しかし、今の状況を正しくちゃんと理解しているかと言えば、それはノーだった。

狂おしいほどの喜びを感じる一方で、果菜はどうしようもなく混乱していた。

「よかった」

しかもここで、果菜の混乱に追い打ちをかける事態が起こった。

安心したような笑みを浮かべた遼が、未だ掴んだままの果菜の腕をそのまま引き寄せると、顔を傾けてキスをしたのだ。

（えっ――――）

果菜は目を見開いた。目の前には遼の整った顔がドアップで迫っている。そして唇には柔らかい感触。

（キスされてる！）

やっとそう理解すると、身体がかっと熱を帯びた。それまでの経緯なんかはもうどこかに吹っ飛んでしまう。果菜にとってはキスなんて、何年ぶりかという感覚だった。

長らく忘れかけていたその感触は、柔らかくて、温かくて……そして、ゾクゾクするほど、甘かった。

抵抗なんて、できるわけがない。

「ん……」

遼が唇の角度を変える。お互いの唇の表面が擦れて、ぞくりとした感覚が背筋を這い上る。果菜の身体から力が抜け、口からくぐもった声が漏れた。

それが、合図だったのかもしれない。

遼は、唇の角度を変えて更に深く果菜に口づけをした。押し付けては引くを繰り返し、強弱をつけながらその唇を貪る。

そんな風にされると、果菜はもう無理だった。

やがて、息を求めるようにわずかに開いた唇の隙間から、舌が滑り込んできた。それは歯列を割り、口蓋を舐め、やがて果菜の舌に絡みついた。

もうこのあたりで果菜の頭はぼうっとなってしまって、ただ遼の舌の感触を追うだけになっていた。

釣り合うとか、釣り合わないとか。どうして遼は突然に離婚をやめたいと言い出したのかとか、そんなことはもうどうでもいい。

ただ、この甘くて情熱的なひと時に身を委ねたい。そんな刹那的な感情さえ湧き上がってしまう。

そうやって果菜の理性的な思考を奪ってしまうほど、遼とのキスは甘く、おそろしいほど、気持ちが良かった。

果菜は自分の舌に絡みついて弄ぶそれに必死に応える。身体がぐにゃりとしてしまって満足に力が入らないので、遼にしがみつくより他なかった。

すると、急に身体がふわりと浮いた。

「えっ」

遼が臀部《でんぶ》を下から抱えるようにして果菜の身体を持ち上げたのだ。

これに果菜は驚いた。慌てて遼の肩のあたりにしがみつく。

「な、なにっ？」

「俺の部屋に行こう」

果菜の返事を聞くのを待たずに遼は歩き出した。そのまま廊下を進み、果菜を抱えながら器用に自室の扉を開ける。

たまにジムに行っていると言っていたから遼はある程度鍛えているのだろう。小柄ではない果菜を抱えても、遼の身体はまったくぶれなかった。触れている部分のがっしりした感触からもそれが窺える。

迷いのない足取りでまっすぐベッドへ向かうと、遼はそこに果菜をそっと下ろした。

そして、ヘッドボードのところにある間接照明を点けた。

廊下の明かりだけの薄暗かった部屋が柔らかい光に照らされる。遼は、その光の明るさをギリギリまで絞った。

果菜はベッドの上でお行儀よく座ったままの体勢で、その遼の行動を黙って見ていた。

しかし、そのどこかぼんやりとした表情とは裏腹に、ドッドッと心臓は今にも暴れ出しそうなぐらい、早鐘を打っていた。

――まさか。遼は、まさか。

ベッドの横に立った遼が荒っぽくジャケットを脱ぎ捨てる。続いてベストも脱いで、ネクタイを取り去った。ワイシャツ姿で果菜に迫り、その身体をベッドに押し倒した。

果菜は固まったまま、何もできない。ただされるがまま、ベッドに横になった状態で遼を見つめていた。

これから何が起きるのか。期待と不安でどうにかなりそうだった。

色々なことが起こりすぎて、思考停止状態だったのかもしれない。

もうここまでくれば、遼に身を委ねるしかないという気持ちだった。

そんな果菜の頬を優しく撫でると、遼は宥めるように、ちゅ、とキスを落とした。

そして耳元で「果菜」と囁いた。

「俺は果菜のすべてが欲しい。果菜も俺と同じ気持ちだと思っていい？」

果菜は遼を見た。至近距離で視線が絡む。

同じ気持ち？　問われて果菜は頭の中で質問を反芻した。

遼のすべてが欲しいかと言われれば当然欲しい。それに、結婚を継続したいのも同感だ。

「……うん」

果菜はぼうっとした表情のまま頷いた。途端に噛みつくようなキスが落ちてくる。

遼は果菜の身体をシーツに押し付けて、情熱的なキスを繰り返した。

少しだけ落ち着いていた身体の熱があっという間に舞い戻る。

そこからはもう果菜は夢中で。

遼は果菜のドレスを脱がせると、下着もすべて取り払った。そうして素肌のあちこちに触れた。

その手つきはとても優しく丁寧なものだったが、触れられるほどに高まる身体が恥ずかしくて、果菜は漏れる声を遮るかのように手で口元を覆った。

「果菜？　我慢しないでいいよ。声も全部聞きたい」

「だって……恥ずかしい」

「なんで？　かわいいのに」

言いながら遼は果菜の敏感な部分に触れた。途端に甘い感覚が湧き上がって果菜の口から普段は絶対に出さないような声が漏れてしまう。

「果菜はすべてがかわいいよ」

果菜は小さく首を振った。そんなの絶対に嘘だと思う。しかし、普段とは違う、遼の甘い雰囲気に流されて、そんなこともどうでもよくなってしまう。

「果菜」

愛おしげに名前を呼ばれて、キスをしながら優しく、それでいて官能を引き出すような手つきで胸や足の間に触れられて。

果菜は頭の中が蕩《とろ》けそうになった。もう遼のことしか考えられないほどに。

そうやって丁寧に解されたおかげか、ひどく久しぶりだったのに、貫かれても痛みは感じなかった。

「これでやっと本当に俺の果菜になった」

遼はそう言って繋がったまま果菜のことを抱きしめた。そんな風に言われて、果菜も何だか感極まってしまう。

果菜は瞳を潤ませながら自身もその広い背中に腕を回して、遼に抱き着いた。

それから遼は果菜の身体を情熱的に貪った。はじめはゆっくりと、徐々に激しく。

最初はそれについていくのが精一杯だった果菜だったが、中で動かれるほどに、快楽が身体を支配した。どろりとした蜜のように甘い心地の中で果菜は揺さぶられた。

＊＊＊

行為のあとの、心地よい疲労感を身体に感じながら、遼は裸のまま隣で眠る果菜の頬に手を伸ばした。

その柔らかい感触を楽しむように指を滑らせる。自然と口に笑みが浮かんだ。

──やっとすべてが自分のものになった。

最初は別に果菜に特別な気持ちは抱いてなかった。ただ自分の現状をどうにかしたかっただけ。その条件を満たすのに、果菜の境遇がぴったりと当てはまっただけだった。

ただ、果菜の真面目さが窺える言動には好感を抱いていた。信用できそうな人間だという印象で、契約結婚の相手としてちょうどいいと思った。

だから説得して、結婚を同意させたのだが。

それまでの言動や見た目の印象から、果菜のことは、感情をあまり表に出さないタイプで、物静かで落ち着いた性格をしていると思っていた。

結婚を持ちかけた時はかなり感情的だったが、それは自分があまりに突拍子もない提案を持ちかけたせいで動揺しているのだと、そう思っていた。

しかし、一緒に暮らすようになって自分がかなり思い違いをしていたことに気付いた。

果菜は物静かな性格ではまったくなかった。むしろ、あえて言えば、騒々しかった。

しかし不思議なことに、煩いというわけでもない。何というか、果菜はいつも『ひとりでワタワタしている』のだ。

そして、どちらかと言うと、むしろおっとりしている。帰宅した際に笑って「おかえりなさい」と言われた時、ほっとするような気持ちになって、最初遼は未知の感覚に戸惑った。

しかし、妙な心地よさも感じていた。あまり干渉されるのが好きではなくて、誰かと暮らすことは本来苦手なはずなのに、果菜は一緒にいても不思議としっくりくるところがあった。

ある時、果菜の帰りが遼より遅いことがあった。それ自体は『飲み会で遅くなる』と聞いていたので、別に何とも思わなかった。

しかし、玄関の扉を開けて、真っ暗な部屋に足を踏み入れた時、とても空虚な気持ちになって、物足りなさを感じた。その時に、果菜の存在が自分の中でちょっとした『癒し』になっていることに気付いてしまった。

その気持ちがいつ好意に変わったのか。はっきりと『いつ』だったかは遼もわからない。

ただ、一緒に暮らす中で、抜けているように見えて、意外とちょっとしたことにも気がつく細やかさがいいなと思うようになった。

そして、うっかりと何かをやらかしてはひとりでワタワタしている姿が可愛いとも思うようになった。自分がどうにかしてあげたいとも。

頭から小麦粉をかぶって真っ白になっている姿はだいぶ面白かったし、同時に放っとけないとも思った。

きっとその時には既に惹かれ始めていたようにも思う。

果菜は素直な人間で、優しく接していると嬉しそうにする。そういうところもまたよかった。

とにかく、気付けば好きになっていて、いつの間にか、遼は果菜を手放せなくなってしまったのである。

だから契約結婚の解消があとひと月と迫った時、きちんと今後について話そうと思い、そのつもりで席を設けたはずだったのに、果菜がおそらくワインを飲みすぎたせいで気分が悪くなってタイミングを逃してしまった。

遼は果菜に気持ちを告げようと思っていたが、ひとつだけ懸念していたことがあった。

それは、契約結婚にあたって、交わした約束事が関係していた。

──相手に対して、恋愛感情は持たないこと。

果菜は真面目な性格だから、きっとその約束事をきちんと守ろうとするだろう。遼に対して、特別な感情を持たないようにかなり自制しようとするのではないか。

一緒に暮らして信頼関係は築けていると思っていた。しかし、恋愛感情というとどうだろうか。それに、果菜は男性に対して不信感を抱いてしまうところがあるとも言っていた。そう考えると、遼はいまいち果菜の気持ちに自信が持てなかった。

だから果菜の気持ちを確かめる意味でもふたりで過ごす時間を増やした方がいいと

思い、ちょうど建志から話のあったパーティーに誘ったわけだが。

その最中で絵里衣が現れ、かなり引っかき回されて遼は内心苛立った。もしかすると、果菜は絵里衣に傷つけられたかもしれない。そんな思いをさせたままにするわけにはいかなくてどうにかしたかったが、果菜は自分には何も話してくれず、その事実が遼を落ち込ませた。

そして、極めつけが果菜の「思い出」発言だ。

それを聞いた時、遼は思った。果菜はこのまま離婚するつもりなのだと。

遼とのことをすべて「思い出」にするつもりなのだ。

果菜にとっては、最初で最後のパーティーで、結婚を継続することなど考えていない。遼と離婚しなければまたパーティーへの出席を依頼される可能性は出てくるが、そんな未来はないと思っているのだ。

そう思うと、居ても立ってもいられなくなった。このまま離婚するわけにはいかない。何とか果菜の気持ちを変えさせたくて多少強引に迫ってしまったのは自覚していたが、どうしても彼女を自分のものにしたくて。そんな風に衝動的に行動するなんて普段の自分からするとあり得ないことだったが、わかってはいるのに止められなかった。

しかし、果菜は受け入れてくれた。

離婚はしないと言ってくれた。今はそれで十分だった。

遼は気持ちよさそうに眠る果菜に顔を近付けた。そして、その額、次には頬と、目につくところすべてに、起こさないようにそっと優しく唇で触れた。

第四章　揺れる気持ち

「……ほんとに、色仕掛けが成功するとは」

「いや、たぶん、違うと思う……」

翌日、まだ信じられないような気持ちで出勤して、何となくぼうっとしたまま、それでも仕事はいつも通りこなして、気付けばあっという間に昼休みになっていた。

ＭＩＫＡＳＡには社員食堂としてカフェテリアがあるので、今日はそこでランチをしようと千尋と待ち合わせていた。

果菜は千尋に昨日のことをここで言うつもりはなかった。あんまり大っぴらに言うことではないと思ってたし、まだ自分自身で状況の整理がついてなかったからだ。

しかし、果菜の様子があまりにも心ここにあらずだったせいか、訝しんだ千尋に何かあったのかと突っ込まれてしまい、わかりやすく反応してしまった結果、結局は隠しきれず白状してしまうことになった。

千尋は驚いていた。色仕掛けなんて提案してみたものの、そこまで事が一気に進むとは思ってなかったのだろう。当人だって驚いているのだからその反応も当然だと果菜は思った。

しかし、千尋が零した『色仕掛けの成功』には、果菜は同意できなかった。今振り返ってみても、果菜はこれと言って何かをしたわけではなかったからである。

色仕掛けとして果菜がしたことといえば、ちょっと露出のあるドレスを着たぐらいである。それだって少し胸元が開いているぐらいで、会場にはもっと際どいドレスを着ている人もたくさんいた。

確かに、ドレス姿を見た遼の反応はとても良かったし、その後の態度もいつもより親密さが感じられた。それで果菜も少しは女として意識してもらうことができたのではないかと自信を持ちかけたが、会場に行ってそんな考えは霧散してしまったのである。

そして、絵里衣の登場でそれどころではなくなった。

そのことをかいつまんで話すと、千尋の顔が微妙なものに変わる。少し考えるような素振りを見せたあと、慎重な口ぶりで話し出した。

「……なるほど。まあ確かにドラマのような展開で、すんなりと信じられない気持ちもわかるけど。相手はとんでもないハイスペだしね。でも良い方に考えれば結婚生活を通して果菜のことを好きになってたってことじゃないの？　だから離婚をやめようって」

「そうなんだけど……本当に現実なのかなって。なんかこう……実感がわかない」

周囲を気にしてトーンを落としてヒソヒソと話された言葉に果菜は思案顔で首を傾げた。

行為の最中はとにかく夢の中にいるみたいで。頭も身体も果てない熱に浮かされて遼にしがみついているのが精一杯だった。そして、行為のあとは余韻でぼうっとしている内にそのまま寝てしまった。

次の日はアラームをかけないで寝てしまったせいで遅刻気味に起きてしまい、慌てて出てきたので遼とはあまり話ができなかった。

そして、今。さすがにもうあの燃えるような熱も余韻もない。冷静さを取り戻したわけだが、まだどうにもいまいち現実みが湧いていなかった。

だって相手はあの遼だ。一庶民の自分とは全く釣り合いが取れていない。はたして、本当に、こんな平凡な自分を好きになるのか。

「でも、好きって言われたんでしょ？　そんな全く自分にメリットのない嘘なんてつかないでしょ」

その言葉に、果菜ははっと顔を強張らせた。

慌てて昨日の記憶を探る。そして、それに気付いて愕然となった。

「……そういや、言われてないかも」

「え？」

「好きなんて、言われてないかも……！」

自分で言いながら、果菜の心に動揺が走る。果菜は額に手を当てながら忙しなく瞬きを繰り返した。その一瞬で色々な考えが頭を駆け巡る。

「そうなの？　私はてっきり。え、じゃあ離婚撤回に至ったのは何か他に理由があるってこと？」

「わからない。でも……」

そこで果菜は迷うように言葉を詰まらせた。

「でも？」

果菜はごくりと唾を呑みこむ。そして、おもむろに口を開いた。

「よく考えると、絵里衣さんに会ったのがきっかけだったのかも。そこから急に遼さんの態度が変わった……ような」

口に出してみると、意外なほどその考えがしっくりくる気がして、果菜は呆然と目を瞬いた。

昨日あったことで、今までと大きく違ったのは絵里衣の登場だ。もし、昨日遼に何か考えを変えることがあって、その結果、離婚を撤回しようと思い至ったとしたら。もしかすると、遼と絵里衣は何かあるのかもしれない。

そんな考えが頭をもたげ、急速に頭を支配していく。

「私……遼さんと、もう一度ちゃんと話さないと」

果菜はぽつりと呟いた。このままでは、いけない。何かに急かされるような気持ちになっていた。

「そうした方がよさそう。話し合って認識のすり合わせが必要だね」

「う、うん」

果菜は素直に頷いた。確かに離婚をやめるなんて重要なこと、ちゃんと話もせずに進めてしまったのはやっぱり良くなかった。

遼も昨日は特に帰りの車で何か様子がおかしかったし、果菜に至っては自分の気持ちを何も言ってない。

「しかし、御曹司との恋愛も大変だね。ライバルはお嬢様だし、波乱万丈だわ。平凡を望むなら同期とでもくっついた方が無難だったね。今更言っても仕方がないけど、富田とか」

「……富田？」

やれやれとでもいうように、ストレートの黒髪を揺らして肩を竦めた千尋がついでのように付け加えた言葉に果菜は眉を顰めた。

「なんで、富田君？」

「え、富田ってどう見ても、果菜に気があったでしょ」

「えー？　それはないでしょ」

果菜は呆れたように笑ってその言葉を否定した。

富田とは、果菜と千尋の同期で営業部に所属している男性である。確か、何かのスポーツをやっていたと言っていたような気がする。がっしりした体格でいかにもスポーツマンみたいな風貌をしている。

その果菜の反応に千尋が驚いたような顔をした。

「え、てっきり気付いてたのかと思った。飲み会とかでいっつも果菜のこと気にしてたじゃん。何だかんだ言って私は最終的には富田と落ち着くのかなあって思ってたんだけど」

「うそ。全然そんなこと考えたこともなかった。富田君だってもっと可愛い系の子が好きそうに思うけど……」

果菜は富田の押し出しが強そうな性格を思い出しながら言った。いかにもお兄ちゃん気質で、果菜からすると、守ってあげたくなるようなタイプが好きそうに見えていた。

わかってないなあとでもいわんばかりに千尋はため息をつく。

「果菜だってしっかりしていそうに見えてけっこう抜けてるところあるじゃん。ああいうタイプからすると、そういうところが放っておけなくてたまらないんじゃない？　でも全然脈なしだったか」

「脈なしも何も、私富田君ってちょっと苦手だったから……ほら、けっこう思い込みが激しいと言うか、決め付けて話してくるところあるじゃない。そういうところがちょっと合わないかなあって……」

相手が千尋だということもあって、果菜は自分の素直な考えを口に出した。

「あー……まあ、確かに、そういうところあるかもね。私には全然寄ってこないけど。変にロックオンするとけっこう絡みがしつこそうではあるね。そっか、苦手だったか。変に勘違いしててごめん」

「ううん」

果菜は首を振る。そこでふたりは急がないと休憩が終わってしまうことに気付き、慌てて食事を再開した。

ランチタイムが終わったあと、千尋と別れて自席のある総務部に向けて廊下を歩いていると、とてもタイムリーなことに、話題にあがっていた富田と遭遇した。

同期なので、顔を合わせた時に時間があれば挨拶程度の会話はする。しかし、ついさっきまで好き勝手に色々と話してしまっていたこともあって若干気まずく、果菜は「お疲れ様」と声をかけるだけに留めて、擦れ違おうとした。

しかし、「お疲れ」のあとで、なぜか富田が足を止めて、果菜に向かって「元気？」と話を続けたことで、果菜も立ち止まらざるを得なくなった。

果菜は愛想笑いを浮かべる。

「元気だよ。富田君は？」

「本当かよ。俺？　俺はバリバリ元気。元気だけが取り柄みたいなもんだし」

「そんなことないでしょ。他にも取り柄いっぱいあるじゃん」

胸を叩いてにかっと爽やかに笑う富田に果菜は当たり障りなく返す。そろそろ自席に戻らないと時間的にまずいこともあり、果菜はちらちらと自分の部署の方角に目を向け、気にする素振りをした。

「うわ、そんなこと言ってくれるの夏原だけだよ」

「またまた、そんなことないでしょ。ごめん、私そろそろ」

話が続いてしまいそうだったので、果菜は「戻らないと」と言って話を切り上げようとした。しかし、それよりも先に富田が妙に急いた雰囲気で「あのさ」と口を開いた。

「俺の気のせいだったらごめんなんだけど、夏原さ、何か悩んでいることあんの？いや、最近見掛けるといつも暗い顔してるから」

急に核心を突くようなことを言われて、果菜はどきっとした。

確かにここ最近の果菜の頭の中は遼とのことで占められている。

離婚のリミットが迫っていたこともあって思い悩むこともしばしばだった。

会社ではあまり考えないように自制していたつもりだったが、ふとした時に思考に入り込んでくることがある。特に、高級フレンチに連れて行ってもらったのに、ワインを飲みすぎて酔うという大失態を演じた時はこの世の終わりみたいな顔をしていただろうから、きっとそのあたりの時に富田に見られていたのだろう。

あまり人の心の機微に頓着しなそうに見えて、富田は意外に鋭いところがある。それは果菜も前からわかっていたことだった。

ただ、富田の場合、それがあまりいい方向に生かされていない節があると果菜は思っている。いい人ではあるのだが、ちょっと面倒なタイプなのだ。

変な勘違いをされては堪らないと、果菜は慌てて首を振った。

「全然。何も悩んでないよ？　仕事も今は忙しくなくて落ち着いているし。あ、夜ご飯何作ろうかなーって悩んじゃうことあるから、その時をたまたま見られちゃったのかな？」

明るく笑い飛ばすと、反対に富田は真面目な顔になって深刻そうに声を潜めた。

「もしかして結婚生活うまくいってないのか？」

（どうしてそうなる⁉）

彼の悪い癖が出始めている。果菜はそう察知してまずいと思った。

たぶん頼られることに快感を覚えるタイプなのだろう。彼はやたらと先輩風を吹かせたがるところがある。だから人のことにやたらと首を突っ込みたがるのだ。

「そ、そんなことない。そっちも順調だから。心配してくれてありがとね」

富田は果菜が結婚したことは知っているが、相手については詳しく知らないはずだ。

自然に返そうと思っているのに、笑顔が少しばかり引き攣ったものになってしまう。

困ったなと思いつつもこれ以上変な勘違いをされないように、果菜は、今度は素早く言葉を継いだ。

「ごめん、もう席に戻らないとなの。また今度ゆっくり」

「あ、悪い。引き止めちゃって。いつでも話聞くから元気出せよな」

（……なんか今日は一段と思い込みが激しいな。富田君の中で私、悩みを抱えている人ですっかり認定されちゃってるのかな。そんなに暗い顔してた⁉）

覚えもあるだけにあながち勘違いとも言えないのが何とも言えないところだ。

果菜は困ったなと思いつつも、早く切り上げたくて「またね」と言って富田と別れた。

その日の夜。定時であがった果菜はいつも通り帰宅し、簡単に夕食を済ませてシャワーを浴び、リビングのソファでだらっとしていた。

テレビを見たり、スマホで調べ物をしたり。いつも通りの夜を過ごしながらも、どうしてもちらちらと玄関の方が気になってしまう。

（いつ、帰ってくるかなあ……）

遼が果菜より先に帰宅していることは滅多にない。特にここ最近は遅く遼の帰宅は大体十時を過ぎる。

夜ご飯を家で食べる機会も減り、だからいちいちそのことで連絡してくることも最近はなくなっていた。

大体、昨夜一線を越える前までは、遼と果菜の関係性は夫婦というよりは、いい距離感を保てている同居人といったところだった。例えるなら、ルームシェアをしている友人関係のような。

早く帰ってこれそうな時だけ連絡があってその時に果菜も残業がなければ食事をふたり分作って一緒に夕食を共にする。

もっと時間があれば、そのまま流れで一緒にリビングで時間を過ごす。ふたりで過ごした時間と言えば、大体こんな感じだった。

（連絡がないからきっと遅いんだよね）

果菜はスマホを置いてソファに横になった。遼と話がしたかったが、しっかり時間が取れる時の方がいいだろう。疲れて帰宅した遼と込み入った話をするのも気が引ける。

この家のソファはとても広くて、横になっても十分に足が伸ばせる。少しだけと思って果菜は身体の力を抜いた。

そうして、いつしかまどろみの中に落ちていった。

何かが額に触れている。温かくて優しい感触。

不意にすうっと意識が引っ張られ、果菜はぱっと目を開けた。

（あれ、私……）

果菜はぼんやりとしながらぱちぱちと目を瞬いた。寝ぼけながら感じた違和感を確かめるために、あたりを見回そうとして、すぐ近くにあった顔と目が合い、目を見開いた。

思ってもみない光景に一瞬で眠気が吹き飛んでしまう。

「おはよう」

隣に身体を起こした遼がいて、果菜の顔を覗き込んでいた。果菜が起きたことに気付いた遼は口元を綻せて笑みを見せた。

「え、遼さん？　……なんで？」

よく見ると、果菜が寝ていたのは遼の寝室のベッドだった。隣には、Tシャツを着た、明らかにパジャマ姿の遼がいる。

どうやら、昨夜果菜はこのベッドで眠ったらしい。けれど、そうなるまでの過程が全く思い出せなくて、頭の中にハテナマークが飛び交ってしまう。

「帰ったらソファで寝てたから、俺がここまで運んだ」

「え⁉ やだ、うそ。重かったでしょ。ごめんなさい」

あたふたしながら、慌てて身を起こして謝る。まさか遼にそんなことをさせてしまうなんて。申し訳ない気持ちでいっぱいだった。

「いや？ 全然。昨日も思ったけどちょっと細すぎじゃない？ もっと太ってもいいと思う」

くすっと笑って遼がそんなことを言うから、果菜の顔は真っ赤になってしまった。

「こんなことぐらいで赤くなるなんて、かわいいな果菜は」

追い打ちのようにさらっと『かわいい』と言われて、今度は何も言えなくなる。言われ慣れていなくて、とても恥ずかしくなってしまった。

（なんか、甘い……！）

気のせいではないと思う。遼の果菜に対する態度が明らかに甘い。それはきっと、一昨日の夜ふたりが一線を越えたからだというのはどう考えても明らかだった。

どう答えていいかわからなくて目線を泳がせていると、遼は果菜を自分の腕の中に引き入れた。ぴったりと身体が密着し、いきなりの触れ合いに果菜の鼓動が速まる。

「り、遼さん？ そろそろ起きないと」

「まだ大丈夫だよ。昨日はお預けだったから、もうちょっと果菜に触れたい」

「お、お預け？」

「そう。やっと俺のものになったんだから、いっぱい触ろうと思ってたのに」

言いながら遼は顔を傾けると、果菜の唇に自分の唇を押し付けた。

それから味わうように何度もそれを触れ合わさせる。

最初は身体を硬くさせていた果菜だったが、甘いキスを何度も繰り返され、段々と身体の力が緩んできてしまう。

キスは段々と深くなり、舌が絡まるものになると、果菜は何も考えられなくなった。

結局果菜はそのままベッドでしばらく時間を過ごすことになった。


そうやってベッドで時間を取られてしまった果菜だが、昨夜早く寝たせいか、けっこう早くに目が覚めたらしく出勤までには時間があった。

それで朝食の準備を買って出て用意をし始めたのだが、そこでも果菜は遼の態度に翻弄されっぱなしだった。

「本当に、こんな雑なご飯で大丈夫？　満足できる？」

張り切って準備し始めたものの、食材の買い出しをさぼっていたせいで冷蔵庫にはろくなものがなかった。

遼は基本的に家であまり食事をしない。朝食も出る時間がまちまちなので外で適当に済ましているらしいし、必要となれば大体デリバリーだ。だからこの家で食材が必要なのは果菜だけで、自分しか食べないのだからと完全に油断をしていた。

「十分だよ。別に俺だって毎日豪勢なものを食べているわけじゃない」

冷蔵庫にもらいものらしい高級ハムがあったので、そこだけはやたらと豪華だったが、他はスクランブルエッグにミニトマトに焼いたトースト。そしてコーヒー。御曹司に出すにはかなり躊躇われるメニューだった。

しかも遼はトーストを皿に載せたりと手伝いまでしてくれる。こういう気取らないところが、遼の好きなところのひとつでもあった。しかも、ふたりで並んで食事の準備なんて、まるで新婚みたいで、果菜は思わず口元が緩んでしまう。

（だめだめ。なに幸せを噛み締めてるの。その前にやることがあるでしょ）

遼と話をしなくてはいけない。結婚継続については、遼がどうしてそう言い出したのか、果菜の中では理由が曖昧で納得ができていない。このまま続けたら、きっと不安に思う日がくるだろう。

「果菜、ぼーっとしてるとあぶない」

そんなことを考えていたからだろうか。

手元が狂い、果菜は持っていたマグカップを取り落としそうになった。素早く移動した遼が押さえる。意図せず後ろから抱きしめられるようになって、果菜はどきっとしてしまった。

「もしかして、まだ眠い？」

屈みながら表情を窺うように遼が横から覗き込んでくる。果菜は慌てて首を振った。

「だ、だいじょうぶ」

「俺がやるから果菜は先に座ってて」

遼はマグカップを押さえた手とは反対の手で果菜の頬を軽く撫でると、マグカップを片手にくるりと振り返った。

おそらく、果菜の代わりにコーヒーを淹れてくれるということなのだろう。果菜は自分も少し振り返ってその後ろ姿をちらりと見た。

そして、困ったように眉を寄せた。

結局、さすがに出勤前にそんな込み入った話はできず。

その後も何かと自分に言い訳をしては、果菜は遼と話をすることを先送りにした。

それは、遼の帰宅が遅い日がたまたま続いたことも理由のひとつであったが、もっとも大きな原因は果菜自身が怖気づいてしまったことにあった。

一線を越えて以来、遼の果菜に対する態度は甘くて優しい。

そして、セックスこそしていないが、キスされたり抱きしめられたり、スキンシップも多い。寝る時も毎日一緒のベッドで眠る。当然のように遼が果菜を自分の部屋に連れて行くからだった。

そんなことが数日続いたら果菜は急に怖くなってしまった。

せっかくいい雰囲気なのに、余計なことを言い出したら、水を差すことになりかねないのではないか。

遼はお互いの合意を得て離婚を取りやめたと思っている。今更蒸し返すようなことを言って面倒な女だと思われないだろうか。

遼は果菜を大事にしてくれている。しかも前みたいにただの同居人みたいにではなく、恋人のように。それでいいのではないか。

一緒にいるとそんなことが頭を過り、果菜の口を重くさせていた。

そんな葛藤が数日続いたあと。

退社時間を少し過ぎてから果菜はスマホを見て、ふう、と息を吐いた。

遼からメッセージがきていた。

【今日はかなり遅くなりそうだから、先に寝てて】

いつもは遅いと言っても大体十一時までには帰ってきて、少しぐらいは話す時間もある。しかし、先に寝ていてということは、おそらく今日中には帰ってこないということだろう。

がっかりしたような、ほっとしたような、何とも言えない気持ちだった。

「果菜さん、おっきなため息。何か悩みごとでもあるんですか?」

隣から掛けられた声にそちらを見ると、舞花が好奇心を覗かせた顔でこちらを見ていた。帰ろうとしていたところなのか、机の上にバッグがのっている。

「そんな大きかった?」

「ええ。そりゃもう。今業務で立て込んでるものないですし、果菜さんももう終わりですよね。それなのになんか暗いから。どうしたんです? 旦那さんと喧嘩したとか?」

一応まだ新婚といわれる時期だからだろうか。この間の富田といい、何かと結婚生活と結びつけられるな、と果菜は苦笑いを浮かべた。

果菜は恋人がいる素振りもなくいきなり結婚したせいか、周囲から電撃結婚だと思われている節があった。つまり、その辺の男と勢いで結婚したと認識されていて、舞花からも同じように思われているらしいことは、話していて何となくわかった。

だからきっと長続きしないと決め付けられているのだろう。この間の態度から、富田からもそう思われているらしいことも察したが、その印象を特に否定せず、認識を正す努力をしようともせず放置したのは自分なのだから、仕方のない状況ではあった。どうせ遼とは一年で離婚なのだから、そう思われていた方がむしろ好都合だと思っていたのだ。

「喧嘩なんてしないよ。ただ肩こりがひどくて肩が重いなって思っただけ」

果菜はにこりと笑う。少しずつ否定していくしかないかと思いながら。

舞花は果菜のその笑顔を見て、変な突っ込みをしてしまったと反省したのか、「じゃあ」と言って駅前のマッサージサロンの割引券をくれた。

少々余計なことを言ってしまう嫌いはあるが根はいい子なのだ。果菜はそう思いながらそのチケットを受け取ってお礼を言った。

と、そんなやり取りをしたあと、やりかけの仕事だけ片付けて果菜も席を立った。

総務部を出て廊下を歩いていると、中ほどまで行ったところで名前を呼ばれた気がした。見れば少し先の曲がり角のところから顔を覗かせている人物がいる。

「……三笠部長？」

果菜は怪訝な顔でその名前を呼んだ。それは確かに建志だった。

同じ会社なのだから、いつ社内で顔を合わせても不思議ではない。けれど、そうは言っても建志は社内でかなり上の立場の人間だ。普段、果菜の所属する総務部が入るこのフロアで見掛けることなどほとんどなくて、それ故果菜はおかしいなと思った。

建志は左右を見回して、人がいないことを確認すると、果菜にそそくさと近付いてきた。

「夏原さん、ごめん突然。今帰るところ？」

「ええ、そうですけど……」

会社内だからか、建志は果菜のことを『夏原さん』と呼んだ。一応社内では旧姓で通していることを知っていたらしい。

どうやら、建志は果菜を待っていたようだった。その態度からそう察した果菜は戸惑いながらも答えた。

仕事上のことで果菜に用事があることなんてほぼあり得ないだろうから、おそらく遼に関係することだろう。果菜は何を言われるのだろうと身構えた。

「……ごめん！」

そんな中、謝罪の言葉を発した建志ががばりと頭を下げた。

その脈絡のない行動に果菜は呆気に取られてしまう。目をぱちぱちとさせながら、建志を見た。

「え、ええと……それは何について、でしょうか」

どう考えても建志に謝られるようなことなんて何もない。そもそもそこまでの付き合いもない。だから果菜はそう聞くしかなかった。

顔を上げた建志は何だかとても困った顔をしていた。口元を手で押さえて逡巡するように目を泳がす。

「絶対遼に怒られるよな……」

ぼそりと何かを呟いたようだったが、果菜にははっきりと聞こえなかった。

「え？」

「あ、ごめん。なんでもない。いや、なんでもなくはないか」

また独り言のように横を向いてぼそぼそと言ったあと、建志は気を取り直したように果菜を見て、申し訳なさそうな顔で口を開いた。

「ほんっとうに悪いんだけど、もしかすると、俺のせいで夏原さんに迷惑かけちゃうかもしれないんだ。いや今そうならないように何とかしようとはしてるんだけど」

果菜の中ではいつも堂々としているイメージの建志だったが、何だかしどろもどろであまり要領を得ず、果菜には何を言いたいのか理解できなかった。

「……すみません。迷惑とは具体的にどういうことでしょうか」

だから仕方なく、そう問い直す。頭の中はハテナマークだらけだった。

一体建志は何を言いたいんだろう。迷惑を掛けるなんて言われたら不安な気持ちになってしまうではないか。そんな気持ちにさせるんだったらせめてはっきり言って欲しい。

すると建志はとても苦い顔になって頭をがしがしと掻いた。

「そう、だよね。でもごめん。申し訳ないんだけど、具体的に何が起こるかは俺もはっきりとわからないんだ」

言いながら建志はスーツの胸ポケットからペンとカードケースを取り出し、そこから一枚名刺を取ると、裏に何かを書いた。

そしてそれを果菜にすっと差し出す。

「何か起きたら、俺に連絡して。絶対何らかの対処をするし、そうなったら全部詳しく説明するから」

「え、いや、でも」

果菜は困った顔で建志と名刺の間で視線を行ったり来たりさせた。そんな意味不明な説明で済まされても困る。どう対応していいのかわからなかった。

その時、建志の背後にあるエレベーターホールの方からチン、という到着音が聞こえた。建志ははっとしてそちらをちらりと見ると、また素早く果菜の方に顔を戻して、名刺をもう一度突き出す。

「受け取ってほしい」

そこまで言われると拒否することもできず、果菜は戸惑いつつも言われるがままにその名刺を受け取った。

「ありがとう。じゃあ、また」

そして、果菜が何かを返答する前に踵を返して去っていく。

その後ろ姿を果菜は唖然とした顔で見送った。

(いや、結局なんだったの⁉ 一体何が起きるのよ)

よくわからないのが、怖すぎる。不安だけ残して去っていった建志に大いにモヤモヤしながら、果菜は肩にかけていたバッグにとりあえず名刺を仕舞おうとした。

「夏原？」

バッグを肩にかけたまま下を向いてごそごそやっていたため、果菜はその人物が近付いていたことに気付かなかった。声を掛けられて慌てて顔を上げる。

「……富田君」

見れば建志が去った方向から富田がこちらに向かって歩いてきていた。どうやら、先ほど到着したエレベーターは富田が乗っていたものだったようだ。果菜は今更ながらにそれに気付く。

「お疲れ。今擦れ違ったのって三笠部長だよな？　もしかして何か話してたの？」

エレベーターの方をちらりと見た富田は釈然としないような表情を浮かべていた。

建志は社内で顔が売れているので富田もすぐにわかったのだろう。

富田の疑問の理由は果菜にも理解できた。建志と果菜ではミスマッチすぎる。立場も違うし業務上の接点もない。果菜のような平社員が建志と話していたら、違和感を覚えるのも当然と言えた。

果菜はぎくりとしながらも素知らぬ顔でバッグを肩に掛け直した。

ちょっと面倒な人に見られてしまったかもしれない。

富田には悪いが、率直な気持ちとしてそう思ってしまった。だから誤魔化すようににこりと笑った。

「山田《やまだ》部長に用事があったみたい。在席しているか聞かれただけ。今離席してるって言ったらまた来るって」

山田部長とは総務部の部長のことだ。

もちろん本当のことなど言えるわけなかった。だから咄嗟に絞り出した言い訳を口にした。

「ふーん……そうなんだ」

「じゃあ、ごめん私、ちょっと急ぐから。お疲れさま」

ついた嘘が不自然だったのか、まだ納得していなそうな雰囲気を残す富田をちらりと見て、果菜は早口でそう言った。

このまま話を続けたらもっと突っ込んできそうな空気を富田から感じたからだった。富田が何かを言う前に「またね」と言って手を振ると、果菜はさっさとそこから去った。

なんだったんだろう。

会社を出て駅まで歩き電車に乗ってからも果菜はずっと考えていた。

もちろん、考えているのは建志の話についてだ。

(三笠部長のせいで迷惑を掛けるって、どういうこと？　何が起きるの？　迷惑というぐらいだから、きっといいことではないのよね……)

しかも、建志は具体的に何が起きるかはわからないと言った。建志ですらわからないことを果菜がわかるわけがない。いくら考えても皆目見当がつかなかった。

(せめてそこに至る背景とか流れとか教えてくれたらよかったのに)

そしたらもっと絞り込んで考えられるはず。今の状態だとヒントが少なすぎるのだ。

(遼さんに聞いたら何かわかるかなあ)

果菜ひとりでいくら考えてもわからないので、最終的にはそうするしかないのはわかっていたが、果菜はわざわざ建志が会社でコンタクトを取ってきたことが気になっていた。

遼には聞かれたくないから、そうしたのではないかと思ったからだった。

普通に考えたら、果菜に何かを伝えたかった場合、遼を通じて話した方が早いし自然だ。

しかし、建志はそうしなかった。わざわざ会社で待ち伏せのような真似をして果菜との接触をはかった。そこに何か意味があるのではないかと、つい考えてしまう。

果菜の家は会社に近い。遼が新居を選ぶ時、自分と果菜の通勤を考慮した場所にしたからだった。

だから電車はすぐに自宅の最寄り駅についた。そのあとは駅前のスーパーに寄ってから帰宅する。スーパーから自宅までの距離も近いのですぐにマンションの前に着いた。

遼が用意してくれたそこは当然のように高級マンションで、エントランス前にロータリーがあって車寄せが設置されている。そこに、一台の車が停まっていた。

ひと目で高級車とわかる黒塗りのセダンだったが、高級マンションだけあって見掛ける車のほとんどがそんな感じなので、果菜は特に気に留めなかった。

だから何の注意も払わず、車の横を通ってマンションに入ろうとした、その時だった。

不意に車の扉が開いた。果菜はその時初めて、車に人が乗っていたことに気付いた。

ぎょっとしながらも足早に通り過ぎようとする。

「ちょっと待って」

カツッとヒールの音を立てて車から降りてきた人物が果菜に向かって声を掛けた。

まさか呼び止められると思っていなかった果菜は驚いて足を止める。

そして、相手の顔を見て、もっと驚いた。

「……絵里衣……さん？」

そこにいたのは、パーティーの時に顔を合わせた絵里衣本人で間違いなかった。かなりの美人である上に、その行動の奔放さに相当面食らったので忘れるはずがない。

「少しお付き合いいただけない？」

絵里衣はそう言うと、顎を少し上げて挑発的な笑みを浮かべた。

「あの、それでどんなご用でしょうか」

果菜が住んでいるマンションは、すぐ近くにおしゃれな雰囲気のカフェがある。そこに移動して、果菜は絵里衣と対面していた。

絵里衣は頼んだソイラテを優雅な手つきで飲んでいる。果菜が問いかけると、カップをやたらとゆっくり置いてから、もったいぶった口調で口を話し始めた。

「あなた、建志の会社で働いているそうね」

「……そうですが」

それが一体なんだと言うんだろう。

また何かを言われるのではないかと、表面上は平静を装いながらも目いっぱい気を尖らせて果菜は返答した。

「この間はごめんなさい。彼は結婚しないと思ってたから、遼が結婚したと聞いて私とても驚いたの。あの遼をその気にさせるなんて、きっとあなたに何かすごく魅力的なところがあるのだと思ったのだけど、ちょっと期待しすぎてしまったみたいだから、少し動揺してしまって」

そう言ったあと、絵里衣はにこりととてもきれいな笑みを浮かべた。しかし、笑みとは対照的に、そのあまりに明け透けな言葉に、果菜はいささかむっとする。

確かに美人でスタイルも良く、しかもお嬢様である絵里衣と果菜は何もかもが違う。比較されたらほとんどの男性が絵里衣を選ぶだろう。

しかし、その態度はどうなんだろうか。

大変失礼だと思う。常識のある普通の人はこんなことは言わない。

(……もしかして、喧嘩を売りにきた？)

そこで果菜ははたと思った。

あなたみたいな普通の女、遼にはふさわしくない。

そう、言いにきたのだろうか。絵里衣から遼に対する好意はビシビシと感じる。昔から好きで、でも遼に結婚するつもりはないと言われて諦めたのに、しばらくしてみたらなんと結婚している。

しかも、どこが良いのかさっぱりわからない普通の女と。それで、文句のひとつも言いたくなってやってきたのだろうか。

「でも、理由を聞いて納得したわ」

そうであればしばらく文句を聞いておけば、何とかやり過ごせるかもしれないと少しばかり油断が生まれていた果菜は、その言葉にぴしりと固まった。

（……理由ってどういうこと？　何か知ってる？　まさか）

ドクドクとにわかに鼓動が速まる。何だかとても悪い予感がして、果菜は感情を表面上に出さないように必死に取り繕いながらも不安げに目を瞬かせた。

「まさか、契約結婚とはね。本当に遼も考えたものだわ」

その言葉に頭をがんと殴られたようなショックが果菜を襲った。

（……知ってるん、だ……）

急に地獄の底に突き落とされたような気分だった。

絵里衣が知っていることがショックだったのではない。

どうして、絵里衣が知っているのか、そう考えた時に浮かんだ可能性が果菜の心を大きく揺さぶったのだ。

「……どうして、それを？」

動揺を絵里衣に悟られたくなくて精一杯平静を装ったつもりだったが、その声は少し震えていた。

こう聞けば認めてしまったも同然になることはわかっていたが、自信たっぷりの口調からするに、絵里衣は確信を持って話していると果菜は思った。

だからもう認めた認めないなんてことはどうでもよかった。ただ、聞かずにはいられなかった。

果菜の言葉に絵里衣が形の良い唇を歪めてくすりと笑う。艶やかなロングヘアをかき上げると、スキニーパンツに包まれたすらりとした脚を自信たっぷりに組み替えた。

それは見ようによっては果菜にマウントをとっているようにも見える態度で、そこで果菜は遅ればせながらあることに気付いた。

（……もしかして、さっきの三笠部長の、自分のせいでかけるかもしれない迷惑ってこのこと？）

建志が契約結婚のことを絵里衣に言ってしまったのではないか。そう考えると、建志の言葉の辻褄がすべて合う。

果菜は少しだけ自分を取り戻して、絵里衣をじっと見据えた。

「もしかして、三笠……いえ、建志さんから？」

建志のことをわざわざ名前に言い直したのは、名字だと、絵里衣がピンとこないと思ったからであったが、建志の名前を出した直後、絵里衣の顔がサッと赤みを帯びた。鋭い目つきで果菜のことを睨んだかと思うと、絵里衣ははっと鼻で笑った。

「どうして建志？　遼よ。遼から聞いたに決まってるじゃない。認めたくないからと言って、現実逃避しないでほしいわ」

反応したくなかったが、果菜の顔は無意識に強張っていた。動揺から瞳が揺れる。

ここまで強く否定するとなると、建志ではないのか。では建志の言う迷惑とは違うことなのか。果菜の頭に色々な考えが湧き上がる。

（本当に遼さんが？　だとすると、何で、遼さんは……）

第三者である絵里衣に契約結婚のことを話したのだろう。

そこに、何らかの事情や理由があるのは明らかだが、果菜には皆目見当がつかない。

それが、不安だった。何もわからないのが。

口を噤んでしまった果菜に一瞥をくれると、絵里衣は自身の長い髪の毛の先を指先で弄ぶようにいじりながら言葉を続けた。

「期間はあと少しなんでしょ？　もうあなたの役目はほとんど終わってるんだから、早く遼と離婚してくれない？」

「え……」

出し抜けに言われた言葉に果菜は言葉を失った。まさかそんなことまで絵里衣に言われるとは思っていなかったからだ。

（でも、離婚はなしになったはずなのに。それは言ってないの？　どうして？）

もし本当に遼が絵里衣に契約結婚のことを話したのだったら、どうして「離婚」のところだけを切り取って話したのだろう。

何が本当で何が嘘なのか、ひどく混乱する一方で、なんで部外者にそんなことを言われなくてはいけないのか、という不満めいた気持ちが込み上げる。果菜はモヤモヤした気持ちを吐き出すようにわざと大きく息を吐いた。

「どうしてあなたにそんなことを……」

「あら、それが遼の意志でもあるからよ」

果菜の言葉を遮るようにして、絵里衣は続けた。

「あなたはお金のために契約結婚を受け入れたのでしょ？　もしそのお金が足りないというなら、私が出してもいいわ。あとは私が引き継ぐから、心配しないで」

言いながら絵里衣は、膝にのせていた小さなバッグから何やらカードのようなものを取り出すと果菜の前に置いた。

「これ、私の携帯番号。いつでも連絡して」

すっとテーブルの上を滑らせ、果菜の前に名刺を寄越した絵里衣は、そのまま立ち上がった。

「あなたみたいな人がいつまでも遼の傍にいられると迷惑なの。お金を受け取ってさっさとどこかに消えて」

「え、あ、ちょ」

捨て台詞のようにそう言うと、呆然とする果菜を尻目に絵里衣はさっさと去っていった。


翌日、果菜は最悪の気分で目覚めた。

絵里衣に言われたことがぐるぐると頭の中を巡り、様々な疑問を連れてきて、果菜を迷宮の中に陥れていた。

しかし、どんなに考えても果菜がその謎を解き明かせるわけがない。

遼に聞くのが一番だということはわかっていたが、その日遼は連絡があった通り帰りが遅く、聞くタイミングがなかった。果菜が起きている時間帯には帰ってこなくて、果菜は久しぶりに自分のベッドで眠った。

けれどその眠りの内容については快眠とは言い難かった。考えても仕方がないとわかっているのに、つい考えてしまい、どうにも寝つきが悪く、寝ては起きるを繰り返して眠れた気がしなかった。

そんな訳でモヤモヤとしたまま朝を迎えたわけであった。

「おはよう」

キッチンで冴えない顔のままコーヒーを淹れていると、後ろから声を掛けられて果菜は振り返った。

「あ……おはよう」

そこにいたのは遼だった。寝ている時のラフな格好ではなく、既にきっちりとスーツを着込み、ヘアもセットされている。

それに気付いた果菜は首を傾げた。

「もう、行くの？」

いつもの遼の出勤よりもだいぶ早い。昨日は遅く帰ってきたはずで、そう考えるとあまり寝ていないのではないかと驚いたのである。

「ああ。どうしても時間が動かせないミーティングがあるんだ」

「そっか。大変だね。あ、コーヒー飲む？」

「いや。もう行く」

言いながら遼は近くまで歩いてくると、果菜の顔を覗き込んだ。

「顔色が悪いな。もしかして体調が悪い？」

　確かめるように頬に触れながら、遼は至近距離でじっと果菜を見つめた。その優しい手つきと真剣な顔に果菜は図らずもどきっとしてしまう。

「そ、そんなことないけど。いつも通りだよ」

「そうか？　血の気がない気がする。疲れがたまっているのかもしれない。もし可能なら仕事を休んでも」

　この遼の言葉に果菜は驚いた。顔色が悪く見えるとしたら、それは昨日あまり眠れなかったせいだ。それなのに話が大きくなってしまいそうで慌てた。

「心配してくれてありがとう。でも普通に元気だから、大丈夫」

　体調に問題ないことをアピールするためににこっと笑う。すると、遼は労わるように頭をポンポンと軽く叩いた。

「あんまり無理するなよ」

　果菜が頷くと触れるだけのキスをして、遼は会社に行くため、家を出て行った。

　玄関まで行って見送った果菜は複雑な表情で温もりの残る唇に触れた。

（うーん……なんだろうなあ……）

遼を見送ったあと、果菜も支度をして会社に行くため家を出たわけだが、通勤途中もずっと、仕事を始めるギリギリまで果菜はまだそのことについて考えていた。

いくら考えてみても、絵里衣が言ったことと、遼の言動が一致していない。

絵里衣の方は遼も離婚を望んでいるような言い方だった。

しかし、少し前に離婚は取りやめになって、結婚生活を続けていくということでお互い合意している。しかも言い出したのは遼だ。この時点で話が嚙み合わない。

普通に考えたら絵里衣の話が嘘で、果菜たちのことを離婚させたいがために作り話をしているのではないかと想像できる。実際そう考えるとすべての整合性は合う。

しかし、そうなってくると、どうして遼は絵里衣に契約結婚の話をしたのかという疑問が出てくる。

世間話でつい話してしまったなんてことはないだろう。そんな軽々しく言える類のことではない。

話したからには絵里衣のことを信頼していたということで、きっと何か理由があって話したはずだ。

それを考えると絵里衣の話を正面から否定することは果菜にはできなかった。

（だってふたりは会ってたってことだよね。私の知らないところで）

考えた途端、胸のあたりがずんと重くなる。果菜は重苦しい息を吐いた。

絵里衣の話を聞いて、離婚を迫られたこともももちろんショックだったが、果菜を本当に落ち込ませたのは、ふたりが会っていたという事実だった。

パーティーで会った時、ふたりの距離はすごく近いように感じた。それでも果菜がそれほど気にしないでいられたのは、遼が絵里衣との間に一線を引いているように思えたからだ。

それに、パーティーの時には絵里衣はふたりが契約結婚であったことは知らなかったように思える。久しぶりと言った絵里衣の言葉はとても嘘には見えなかったし、そもそも演技をする必要もない。

もしふたりが以前から親密だったとしたら、契約結婚中のわざわざ果菜の前に姿を現すのは得策じゃないように思える。なぜなら、契約結婚の間はお互い他の異性とは付き合わないという取り決めがあるからだ。約束の期日はもうすぐそこまできているのだし、それまで待てばいいだけだ。

あのパーティーの夜、遼は果菜と一線を越えた。

その後も一緒のベッドで寝たりキスしたりまるで恋人同士のように接している。

色々と気になることはあるにはあったが果菜は確かに幸せだった。

それなのに、遼はその裏で絵里衣と会っていた。とても考えられないが、もしかすると絵里衣ともキスしたりそれ以上のこともしたかもしれない。その想像が果菜を苦しくさせていた。

（……どうして、そんなことを？）

果菜との結婚を継続して、絵里衣にもいい顔をしていたとしたら、こんなのまるで二股だ。

遼はそんなことをする人ではないと思いたいし、性格的にもそんな合理性のないことはしないだろうと思うのだが、ではなぜ絵里衣は契約結婚のことを知っていたのか。絵里衣は否定していたがやっぱりそこに建志も関わっているのだろうか。

結局、ずっと堂々巡りだった。


「……何とか終わった」

仕事中も気を抜けばまたあのことが頭をもたげてくるが、それを何とか隅に押しやって仕事をこなし、今日中に終わらせなければならなかった書類整理を終えた果菜は資料室でひとり、ほっと息を吐いた。

腕時計を見ると、終業時間を少し過ぎたところだった。

デスクに戻ると隣に座る舞花は姿が見えなくて、どうやらもう帰ったようだった。

果菜は返し忘れていたメールの返信をしてからパソコンをシャットダウンする。

バッグを持ちまだ残っている人に挨拶をしながらフロアを後にした。

すぐに来たエレベーターに乗り込むと、そこに知った顔があった。

「……富田君。お疲れ様」

「お疲れ。今帰り？」

富田の隣しか空いてなかったのでそのスペースに身体を入れると並ぶような感じになった。そうなると、会話をしないと不自然なので果菜はとりあえず挨拶を口にする。

「うん、そうなんだ。富田君も？」

「そう。開発に用があったからちょっと顔出してそのまま帰るところ」

総務と営業は同じフロアにある。本来ならエレベーターに乗り込むのは同じ階からになるが、富田は今、上から来たエレベーターに乗っていて、その訳を説明してくれたのだろう。

そう思った果菜は「そうなんだ。忙しそうだね」と当たり障りなく答え、そうこうしている内にエレベーターは一階に着いた。

そのまま何となく世間話を続けながら肩を並べて出入り口へと進む。

お互い帰宅の途についている以上、このまま行くと目的地は駅であるわけで、目指す先が一緒なのに別々で行くというのも不自然だろう。

朝から色々考えていたせいか、いつも以上に疲れを感じていた果菜はそれを少し面倒だと思ったが、会ってしまった以上は仕方がないと、顔に出さないようにしつつ富田と会話を続けた。

「お前さ、最近同期の飲み会に来ないじゃん。なんで?」

「ああ、この前の？　ちょっと予定が合わなくて」

「そうだったんだ。でもその前も来てないよな」

「うーん……たぶん、その時も予定が合わなかったんじゃないかな?」

「飲み会行くの禁止されてるとかじゃなくて?」

出入り口を通過するぐらいで急に振られた会話の内容に、果菜は驚いて富田を見た。

「禁止って……誰に?」

「旦那」

むっつりとした顔で富田が言う。その言葉に呆気に取られた果菜は、一瞬後、笑いながらパタパタと顔の前で手を振った。

「ないない。そういうこと、言う人じゃないし。たまたま本当に予定が合わなかっただけだよ。千尋とはよく飲んでるし」

「そう？　ならいいんだけど。あー……確かに南雲と仲良かったな」

「うん。ランチも大体一緒に食べてる。今日は千尋がランチミーティングがあって、たまたま一緒じゃなかったけど」

まだ少し納得がいかないような顔で富田が「そうなんだ」と相槌を打つ。その様子を見て果菜の頭にある考えがふっと浮かんだ。

（もしかして、千尋が言ってたこと、あながち間違ってなかったのかな……）

『富田ってどう見ても、果菜に気があったでしょ』

千尋の言葉が頭に甦る。言われた時は千尋の思い違いだと思っていた果菜も、ようやくその可能性に思い当たった。

確かに、ただの同期にしては心配が過ぎるような気がする。いくら人のことに首を突っ込みたがる癖があるとは言え、それにしたって限度がある。ここ最近の富田はそれを越えているような気がした。

しかもよく考えてみれば、果菜が結婚してからその後しばらくは、まったく話し掛けられなくなった時期もあったような気がする。それが少しわざとらしくておかしいなとちらりと思ったが、業務上すごく関わり合いがあったわけでもなかったのでまあいいかと思ってそのままにしたことを果菜は今更ながらに思い出した。

「夏原さ」

そうやって別のことを考えていた果菜は反応が遅れた。腕を引かれて思わず立ち止まる。見れば果菜の腕を掴んだ富田がすぐ近くでこちらをじっと見ていた。

「……どうしたの？」

「この後、予定ある？　よかったら飲みに行かない？」

「え」

突然誘われて、驚いた果菜はぱちぱちと目を瞬いた。

「いや、この間話してたじゃん。相談乗るって。まだ時間もそれほど遅くないし、ちょうどいい時に会ったからさ」

「ああ……うん」

果菜は曖昧に返答しながら内心困ったなと汗をかいていた。

果菜は既婚者だ。いくら同期といっても男性とふたりで飲みに行くのは憚られる。それに、そうでなくても富田とふたりというのはちょっと気が乗らなかった。

「えーっと、ごめん。私今日ちょっとこの後予定があって。それに、一応結婚してい

るからふたりきりっていうのは避けた方がいいかなと思う。今度また、千尋も誘って
みんなで飲もう?」
曖昧にするよりははっきり言った方がいいだろうと判断して、果菜はそう言った。
すると、富田は少し傷ついたような顔をした。
(うわ、言い方まずかったかな? でも他に言い方ないしなあ)
その富田のあまり見たことがない表情に、果菜は気まずさを感じて口を開く。
「いや別に富田君がどうってわけじゃなくて、ほら今っていろいろ……」
「夏原」
すると、富田が少し強い口調で果菜の言葉を遮った。そのいつもと違う様子に果菜
は思わず黙る。
「確かに夏原は結婚したけど、俺たちってその前からの付き合いだろ? 夏原って
しっかりしているように見えて変に抜けているところがあるから、俺心配なんだ。も
し悩みがあるなら俺のこと、頼ってほしい。……実はさ、俺本当は夏原のこと、前か
ら好き……」
「果菜」
その時、不意にどこかから果菜の名前を呼ぶ声がした。驚いた果菜の肩がびくっと

震える。

「え？」

それはあまりに聞き覚えのある声だったが、同時に今ここに現れるのはちょっと考えられない人物の声でもあった。一瞬動きを止めていた果菜だったがまさかという思いできょろきょろと声のした方を見回す。すると、車道の方からこちらに向かって歩いてくる遼が視界に見えた。

（うそでしょ⁉）

一体、どうして。

まさか本当に遼がいるとは思っていなかった果菜は、突然の登場に、驚き固まってしまう。

「……うそだろ」

隣にいた富田が困惑した声を漏らした。見れば振り返った富田が視界に遼を捉えている。驚き戸惑った顔で近寄ってくる遼を凝視していた。

スーツ姿の遼はいつも通りに圧倒的な存在感を放っていた。長い足であっという間にこちらまで来ると、果菜の前に立つ。

「終わった？　迎えに来た」

「な、なんで？」

声が上擦ってしまう。遼の思いもかけない登場に、頭が真っ白になってしまって果菜はそれだけしか言えなかった。

「いや、朝体調悪そうだったから。果菜は意外と無理するタイプだし、心配になって」

言いながら遼は果菜の隣にいる富田にちらりと視線を向けた。

「どうも。突然にすみません。果菜の会社の方ですか？」

特別愛想が良いわけでもないが、失礼でもない、さらりとした口調だった。その表情も一見穏やかで友好的なものに思える。

しかし、その眼差しに一瞬、冷たいものが過ったような気がして、果菜は少し不安になった。

（……もしかして怒ってる？）

「……あ、アストの芦沢専務……？」

遼に注意を取られていた果菜はその言葉にはっとした。見れば富田は信じられないと言わんばかりに目を見開いて遼を見つめている。

表情は強張り、声は少し上擦っていた。強い衝撃を受けたことが窺える反応で、ここにきてようやく、果菜は富田が遼の顔を知っていて、いきなりの登場に驚いていることに気付いた。

（あ、やばい、ばれちゃった……！）

どういう状況か思い当たった果菜の顔からさあっと血の気が引く。

社内で果菜の結婚相手の正体を知っているのは、建志と千尋だけだった。他の人には、相手のことを聞かれた時にはごく一般的なサラリーマンだと説明していた。

どうしてそのようにしたのかと言うと、今の富田のように、絶対に驚かれることがわかっていたからだ。噂の的になって仕事がやりづらくなることを懸念した。

（ど、どうしよう⁉　何か言い訳……でもなんて言えば）

遼の態度からただならない関係性だということは既にばれてしまっている。そうなると、今更知り合いというのもおかしい。だったら素直に言って口止めするしかないかもしれない。

そんなことを考えてわたわたしている果菜を尻目に、至極冷静な態度で遼は富田に向き合った。

「ご存じでしたか？　はじめまして。果菜の夫の芦沢です。いつも果菜がお世話になってます」

「お、夫……⁉」

富田の表情が凍り付く。本当かよ、とでもいうかのようにこちらを見た視線を受けて、果菜は引き攣った笑いを浮かべて頷くことしかできなかった。

それを認めた富田が本当に小さい声で「マジかよ……勝ち目ないじゃん」と呟く。

「すみませんが、果菜は私の妻なので、あまり誤解を与える言動は控えてもらえませんか」

口調こそ丁寧だったが、その表情はとても冷たかった。ともすると怒っているようにも見えるその顔を見て、果菜ははっとした。

先ほどの富田の言葉。遼の登場で有耶無耶《うやむや》になってしまった感は否めないが、果菜にもしっかり聞こえてはいた。

聞き間違いでなければ、富田は果菜のことが前から好きだと言った。つまりどうやら果菜は告白をされたらしかった。

そして、その告白は遼にも聞こえていたらしい。

それが富田にもわかったのだろう。その顔からさっと血の気が引いた。

「す、すみません……。気を付けます」

いつもの富田からは考えられないほど、小さい声だった。

「そうしていただけるとありがたい。申し訳ないが、私は妻のことになるとつい気が短くなってしまうもので」

言いながら遼は果菜の肩に手を回して自分の方に引き寄せた。「では」と短く言い置くと、遼はその状態で歩き出そうとする。

「遼さん、ちょっと待って」

しかし果菜はその前に素早く遼を制した。そして、富田の方へちらりと視線を向ける。

「富田君、色々ごめん。あの……本当に申し訳ないんだけど、遼さんの立場が立場だからこのことはできれば社内で他言しないでくれると助かる」

告白のことはもうこのまま触れないでいた方が富田のためにもいい気がしていた。

そして今のこの状態でこんなことを言うのは非常に申し訳なかったが、果菜はどうしても社内に遼のことを知られたくなかった。噂の的になってしまうのがわかりきっている。仕事がやりにくくなる気がして避けたかったのだ。なので、気まずいことは承知の上で、富田に口止めを頼んでいた。

申し訳なさそうにじっと見つめると、富田はやや投げやりな様子ながらも頷いた。

「……わかった」

「ありがとう……！」

これで少なくとも大っぴらに言ったりはしないだろう。果菜はほっと息をついた。

「行こう」

黙ってそのやり取りを見ていた遼が果菜に囁く。果菜は今度こそそれに頷いた。

遼は車道沿いにあるパーキングメーターのところにお金を払っていつも使用しているハイヤーを停めていた。

富田と別れて乗り込むと、車はすぐに出発する。果菜は、そっと横に座る遼を窺った。

「遼さん、あの、ありがとう。迎えにきてくれて」

「いや、それは別にいい。それより本当に大丈夫だった？　体調は」

「うん。ちょっと寝不足なだけだったみたい。大丈夫だったよ。ごめんなさい、心配かけて」

そう答えると、遼はほっとした表情で「そうか」と言った。

（あれ、怒っているわけではない……？）

先ほど富田と対面している時は完全に怒っているような気がしたが、気のせいだったただろうか。

（そうだよね。よく考えたら私が誰かに好意を寄せられたぐらいで遼さんが気にするわけないか。契約にも異性と付き合ったり誤解される行動はとらないって入れたぐらいだし、立場的に嫁が他の男といちゃいちゃしていたりしたら体裁が悪いから牽制しただけか）

そりゃそうだよねと勝手に納得した果菜は少しだけ気まずさを覚えて、誤魔化すような笑いを浮かべた。

「富田君のこと、ごめんなさい。余計なことをさせてしまって。もちろん私はちゃんと断るつもりだったけど、富田君も私が結婚していることは知っているから、そこまで本気で言っているわけではないと思う。ほら、私ってちょっと抜けてるところがあるから、色々心配かけちゃってて、その、お節介が高じてというか……」

「本気で言ってる？」

気まずさを誤魔化すために、聞かれてもいないことまで話してしまっていた果菜は、遼のひと言に「え？」と動きを止めた。

何か変なことを言ってしまっていただろうか。不思議そうに目を瞬くと、遼ははあ、と息を吐いた。

「本気ではないって、そんなわけないだろ。既婚者とわかって迫っているんだから、十分すぎるほど、本気だ」

「あ……」

確かに、そういう見方もある。果菜は慌てて口を開いた。

「ごめんなさい」

「いや、謝ってほしいわけではない。ただ、自覚してほしい。自分にそれだけの魅力があるってこと。じゃないと俺の身が持たない。果菜を閉じ込めなくてはいけなくなる」

「……え、そんな」

「まあ閉じ込めるっていうのは言い過ぎたけど、身が持たないのは本当。これでもけっこう焦った」

そうは思えなかったし、遼が思うほど自分がモテるとも思わなかったが、実際そういうケースが発生したあとだったので、はっきりと否定はできなかった。

「わかった。気を付ける」

「そうしてくれると助かる」

果菜が頷くと、遼はほっとしたような顔をした。どうやら心配している気持ちは本当らしい。

（……遼さんも意外と体面的なことをけっこう気にするんだ）

まあ大企業の御曹司だし専務だから当然か、と果菜は勝手に納得して心の中で独り言ちた。

そんなことを考えながらぼうっとしていると、不意に遼が果菜の腕を掴んでそっと自分の方へ引いた。

「着いたら起こすから寝てていいよ」

どうやら寝不足と言ったせいで気を遣ってくれたらしい。もたれ掛かってもいいよと言っているのだろうと果菜は察した。

だから果菜は「ありがとう」と言って素直に身体の力を抜いた。

今までにないシチュエーションで少しどきっとしたが、その遼の気遣いは嬉しかった。

更に労わるように頭をぽんぽんと軽く叩いたり撫でたりまでしてくれる。

すると、別に本当に眠るつもりはなかったにもかかわらず、前日あまり眠れていないこともあって段々と車の揺れが心地よくなってきてしまう。

ぼうっとしてくる頭の中で果菜はぼんやりと考えた。

（……そういやこれって、遼さんと話をする絶好の機会だよね）

昨日の絵里衣の件。色々と悩んだが自分では解決できる問題ではなく、遼と話をしなくてはいけないことはわかっていた。

こうやって果菜を気遣ってくれる遼を見ていると、絵里衣に契約結婚の話をしたのも何か事情があるのではと遼を信じたい気持ちが強くなる。

だからこそ、やはりちゃんと話すことが重要だとはわかっていたが込み入った話になることはわかりきっているので、タイミングが難しかった。

しかし、今。図らずともその時が訪れてしまった。

時刻は七時。これなら夕食の後でもある程度の時間があるだろう。

果菜はどう切り出すかを考えながら、ゆっくりと目を閉じた。

「とりあえず、何か頼むからゆっくりしてて」

ふたりで無事帰宅したあと。

夕食を用意すると果菜は申し出たのだが、遼にあっさり却下され休んでいるように命じられた。

果菜はとりあえず着替えようと自室に向かう。しかし、廊下を歩いている途中で足を止め、気が変わったようにくるりと振り返った。

（だめだ。時間置いちゃうと言えなくなっちゃいそう）

迷いが生じる前に今、話そう。

果菜はそう思った。

やや足早に遼の部屋に向かうとドアをノックする。返答があったので、果菜はドアを開けた。

「どうした？」

遼はスーツを脱いでワイシャツ姿になっていた。奥のウォークインクローゼットにいたのだろう。ネクタイを緩めながら果菜の方に向かって歩いてくる。

果菜も遼の方へ歩み寄り、向かい合ったところで口を開いた。

「着替え中にごめんなさい。あの……私、話が」

いざとなると妙な緊張に襲われ、言葉を詰まらせながらも何とか切り出そうとした、その時だった。

すぐ近くのサイドテーブルに置いてあった遼のスマホが鳴った。

釣られるようにふたりの視線がそちらに向く。遼は果菜に「悪い」と謝ると、スマホを手に取った。

画面を見て遼は一瞬眉を顰めた。ちらりと果菜を見る。

「ど、どうぞ。出て」

動揺から少し声が震えた気がした。それを誤魔化すように果菜は無理に笑顔を浮かべる。

「悪い」

もう一度そう言うと、遼はスマホを耳に当てた。

「はい。そうだけど。何？　……え？」

そうして話しながらウォークインクローゼットの方に歩いて行った。果菜から離れて声が遠くなる。しかしその声色にどことなく剣呑さが帯びているような気がして果菜はどきりとした。

何もなかったら仕事の電話だと思ってそこまで気に留めなかっただろう。仕事の話であればその場から席を外すのは当たり前だ。その行動に何の疑念も抱かなかったに違いない。

しかし、果菜は見てしまった。遼が電話に出る前、画面に表示されていた名前を。

それは、〝野田絵里衣〟だった。

「どう……ああ……だ……なん……いい……わかった……ど……」

ウォークインクローゼットに入って話しているため、その声は聞き取りづらく、何を話しているかはっきりとはわからなかった。

心臓がドクドクと痛いほど脈打っている。聞いてはだめだと思いながらも何を話しているのか気になって仕方がなかった。

（どうして、今このタイミングで？）

今まさに、遼と話そうとしていたところだった。まるで狙ったかのようなタイミング。そこに、何か作為があるのではと考えるのは穿ちすぎだろうか。

不安な気持ちがむくむくと膨らんできて、胸は嫌な予感でざわめき、指先は緊張から冷たくなっていた。その気持ちに急かされるように歩いて、果菜はウォークインクローゼットの前まで来た。

と、その時、遼がそこから出てきた。まだ電話が終わっていないと思っていた果菜には不意打ちで、驚きのあまり盛大に体を跳ねさせてしまう。

「わっ……と。悪い」

果菜がそこにいるとは思わなかったのだろう。避けるようにひょいと横に移動した遼は、謝りながらついでのようにその場所で手に持っていたスーツに腕を通した。

「……でか、けるの？」

その行動から察した果菜の顔が強張る。遼は申し訳なさそうな顔で謝った。

「ごめん。ちょっと行って、解決しなければならない事案が入った。でもすぐ戻る」

その口調は普段と変わらないトーンで。それに果菜は言葉を失った。

こんな何でもない顔をして、嘘をついて、遼は絵里衣のところに行くのだ。果菜を置いて。

「食事が届くと思うけど、下で受け取っておいてもらうから後で一緒に食べよう。それとも、先に食べてたい？」

果菜は首を振った。それが精一杯だった。

唇が震える。何かを言わなければならないと思ったが、何も言葉が出てこなかった。

果菜の頭の中はショックで真っ白になっていた。

「やっぱりまだ少し顔色が悪いな。そこのベッドでもいいから少し休んだ方がいい。本当にすぐに戻るようにするから」

果菜の顔を覗き込みながら遼が労わるように頬を指先で撫でる。

その優しい触れ方に胸が締め付けられるように痛んだ。

果菜は頷きながら「わかった」と答える。心からの言葉ではなかったが、目が潤みそうになって顔を背けなければならず、それを誤魔化すための咄嗟の行動だった。

遼はそんな果菜の様子をじっと見ていたが、やがて「ごめん、じゃあ行ってくる」

と言って部屋を出ていった。

「なんで、何も言わなかったんだろ……」

（絵里衣さんと昨日話したこと、言えばよかった）

遼が出て行ってしばらくは押し寄せる感情を堪えるのに必死でしばらくその場から動けなかった果菜だったが、少し経って落ち着くと、後悔が押し寄せていた。

遼に嘘をつかれたことがショックで話をしようと思っていたことがどこかに飛んでしまっていたが、あの時こそ言うべきだったのではないか。

その結果、ふたりの関係が壊れたとしても。

もう避けては通れない話になっているのだから、はっきりさせてしまった方がよかったのだ。

そうしたらこんな気持ちになることもなかったのに。

果菜はとぼとぼと歩いて廊下に置きっぱなしにしていた自分のバッグを取ると、自室に入った。

部屋の隅にあるパソコンテーブルの上にそのバッグを置こうとした時、バッグの中でスマホの画面が光っているのが見えた。

深く考えずに習慣的な動きで手に取って画面を見る。そして、首を傾げた。

ショートメッセージに新着があると通知が出ていたのだ。ショートメッセージは番号を知っていれば誰でも送れるメールだが、SNSやメールアプリが他にもあるので、普段はあまり使っていない。それゆえ、果菜はその通知を訝しく思った。

何だろうと思いながらも素直にそのメッセージを開いて内容を見る。そして、固まった。

「なにこれ……」

呆然とした声が漏れる。

信じられないというように、果菜はしばらく画面を凝視した。

『これでわかった？　遼は私に任せて早く彼と別れて。お金のことが問題なら連絡しなさい』

短いメッセージと次には画像。

その画像には男性の後ろ姿が写っていた。どこか建物の中にいるように見える。

最初、果菜はそれが何の写真なのかよくわからなかった。背景が薄暗くそれが何だか不気味に感じて、いたずらなのかと思った。

しかし、じっと見ていたら、唐突にそのことに気付いた。

これは、遼だ。この髪型、背格好。スーツの色にも見覚えがある。これは今日着ていたスーツではないか。

送り主は知らない番号であったが、メッセージの内容と写真を見たらこれが絵里衣から送られたものであることは一目瞭然だった。

(これって、どういうこと……? 今、一緒にいるってアピール……?)

「信じらんない」

呟いた瞬間、手が滑り、果菜はスマホを取り落としてしまった。スマホがフローリングにぶつかるごとんという鈍い音が部屋に鳴り響く。

「あーもう……」

思わず頭を抱えたくなる。まさに泣き面に蜂だ。大きくため息をつくと、果菜はぐちゃぐちゃな気持ちのままスマホを拾うために屈み込んだ。

これからどうすればいいんだろう。絵里衣はどんなつもりでこんなメッセージを送ってきたのか。それほど早く遼と果菜を別れさせたいということか。

(遼さんに電話してみる?)

とりあえず真っ先に浮かんだことだった。遼に電話して、どこで何をしているのか確認すれば、この写真は今撮られたものなのか、はっきりする。

「いや一緒にいることはいるんだよ。だって絵里衣さんの電話で出て行ったんだし」

問題は、ふたりで何をしているのか、だ。

果菜はそう呟くと拾ったスマホの画面を見つめた。

「でも、出なかったらへこむなあ……」

そうしたらもう、電話に出られないようなことをしているわけで。

もし、遼が単純に電話に気付かなかっただけであっても、二度と消すことができない不信感が生まれてしまいそうな気がする。たとえどんな言い訳をされたとしてもその不信感を拭うことはできず、永遠に、遼を信じられなくなりそうな気がした。

「……どうしよう」

果菜はスマホの画面に表示されている写真を見つめてブツブツ呟きながら、屈み込んだ体勢から立ち上がろうとした。

――ドンっ。

しかし、立ち上がろうとしたその途中でパソコンテーブルに身体がぶつかってしまう。

「あっ」

しかもその衝撃でテーブルの上にのせていたバッグが床に落ち、中身が盛大にフローリングの上に散らばった。

「うう……なんなんだ、もう」

当たった部分がじーんと痛み、果菜はそこを手で押さえて呻いた。

ろくに注意を払わずに立ち上がった自分のドジのせいなのに、踏んだり蹴ったりの気持ちでぼやきのような言葉が口から飛び出てしまう。

「はあ……全部出ちゃった」

見下ろした光景に重いため息が漏れる。その有様は散々たるものだった。単純にバッグの中のものが全部出ただけではなく、ポーチの少し開いたところから化粧品が零れ出ていた。衝撃からか、カードケースからもカードがほとんど飛び出している。

果菜は少しの間、その光景を呆れたように見ていたが、諦めたようにしゃがみ込むと、のろのろと散らばったものを拾い出した。

化粧品をポーチの中に収めてしっかりチャックを閉じてから、今度はカードを拾う。と、その時、一枚の名刺が目に入って果菜はぴたりと動きを止めた。

「これ……」

それは、建志の名刺だった。

（……そう言えば）

その後に色々あったせいですっかり忘れていたが、建志はとても意味深なことを言っていた。

『何か起きたら、俺に連絡して』

果菜は遅ればせながらそのことを思い出した。

他にも、俺のせいで迷惑掛けるとか、絶対に対処するといったようなことを話していたような。

（……あれってやっぱり、絵里衣さんのことだった？）

果菜は建志の名刺を手に取ると、じっとそこに書かれている番号を見つめた。

第五章　対峙と決着

「本当に、絵里衣がごめん」

隣で運転する建志がさっきから何度となく聞いている謝罪の言葉を口にする。

果菜は先ほどからずっと顔に貼り付けている、曖昧な笑みで返答した。

あの後、果菜は思い切ってまずは遼に電話してみた。あんな写真が送られてきた以上、もう見て見ぬふりはできない。やっぱり遼に話してみようと思ったのだ。

しかし、遼は電話に出なかった。それで仕方なく最終手段として、建志に電話をしてみたのだ。

建志はすぐに電話に出た。その電話で、絵里衣との会話から今までの経緯をざっと話すと、建志は車を飛ばしてマンションに駆けつけた。

そこで、果菜はやってきた建志に送られてきた写真を見せた。すると、建志はすぐにここは自分たちが利用しているジムがある会員制ホテルの廊下だと思うと言って、そのホテルに向けて車を出発させたのであった。

「そんなに謝っていただかなくても、もう大丈夫です。三笠部長のせいではないですし」

「いや、たぶん俺のせいもある……」

運転している建志は前を向いたまま、決まり悪そうな表情を浮かべる。果菜はその言葉に反応して眉を顰めた。

「あの、それって、やっぱり」

「うわ、あぶな」

その時、横道からにゅっと車が飛び出てきて、建志はそれを避けるためにややオーバー気味にハンドルを切った。

「ったくろくに見てないな。あ、失礼。なんだっけ？」

「……いえ、何でもないです。着いたら、また」

色々と聞きたい気持ちは山々だったが、果菜はそれらをぐっと堪えた。建志は今運転中で、集中力が必要だ。安全を考慮したら込み入った話は避けるべきだと判断したのだ。

「そうだね、わかった。色々と知りたいことがあるだろうから着いたら答えるよ。それにもうすぐ着くし」

「え？　もう？」

「うん。君たちの家からけっこう近いんだよ」

言った傍から背の高い建物がいくつか見えてきて、建志はその中のひとつに向けて道を曲がった。

駐車場という標識を目指して進む。やがて、地下駐車場に行きついた。

「部屋番号はわかるんですか？」

駐車スペースに車を停め、外に出る。そこで果菜は先ほどから気になっていたことを聞いた。

「さっきの写真もう一回見せてくれない？」

「あ、はい」

その言葉に、果菜は絵里衣から送られてきた写真を画面に表示させて建志に渡す。

「ほら、ここ」

すると建志は画面をじっと見た後、一部分を拡大させて果菜に渡した。

「たぶん絵里衣は遼が部屋に入ろうとしたところの隙を突いて背後からこの写真を撮ったんだと思う。ここに小さくだけど部屋番号が見える」

果菜は渡された画面をじっと見つめた。確かに本当に小さくだが、画面の端にプレートが写っており、そこに辛うじて数字が書いてあるのが見える。

「ろく……いち……きゅう？」

「そう。俺も六一九号室に見える。とりあえず行ってみよう」

「はい」

頷くと、建志は果菜を促しながら歩き出した。ふたりはホテルに繋がるエレベーターからロビーに入る。

「ちょっと待ってて。客室階は宿泊者しか入れないようになってるからチェックインしてくる」

建志はそう言い置くとフロントに向かった。こんな突然に来て宿泊なんかできるのだろうかと思いつつ、その後ろ姿を見守っていると、しばらくして建志はカードキーを持って戻ってきた。

「お待たせ。行こう」

そう言ってエレベーターに向かう建志の後を追う。

「確かに今ふたりは一緒にいるかもしれないけど、遼は果菜さんを裏切るようなことは絶対しない。状況から察するに、絵里衣が無理を言ったんだ」

乗り込んだエレベーターは他に乗る人はおらず、建志はボタンを押しながら果菜に向かってそう言った。

「無理を……?」

果菜は、遼に電話がかかってきた時の様子を改めて思い出した。言われてみれば確かに対応する遼は少し面倒そうな雰囲気を出していたかもしれない。対応もつっけんどんだったような。

しかし、それは果菜の手前だったということを考えれば、そこまで嬉しそうにもできないわけで。正直、何とも言えないところだった。

「いや、無理と言うか。正確に言えば……絵里衣が脅した、のかもしれない」

「え?」

その時、到着音が鳴って、エレベーターが六階に到着した。

建志に促されて、果菜は開いた扉からエレベーターを降りる。どっちに行けばいいんだろうときょろきょろしていると、建志が果菜を追い越して「こっち」と歩き出した。

「あの、さっき脅したって言いました? それって絵里衣さんが遼さんを?」

建志の背中を追いかけながら、果菜は聞かずにはいられなかった。建志は何かを知っている。建志が会社で会った時に言っていた『何か』とは、絵里衣絡みのことで間違いない。むしろこの口ぶりからすると、やっぱり事の発端は建志だったのかもしれなかった。

「ここだ」

建志が足を止めた先を見ると、扉の横にあるプレートに六一九と見えた。

果菜はごくりと唾を呑み込んだ。確かに、目の前にあるこのこげ茶色の扉は、先ほどの写真に写っていたものと同じに見える。

（……本当に、ここにふたりが）

本当にいるのだろうか。

ドクドクと煩いぐらい鳴っている心臓のあたりに手を置いて、果菜は扉をじっと見つめた。

実は果菜が建志に連絡を取った一番の理由は、絵里衣に電話してみてもらえないかと頼むためで、実際にお願いもしたのだが断られていた。それは電話したら、絵里衣に場所を変えられてしまうかもしれないからという理由だった。

建志は絵里衣のところに乗り込んで、その場で問い詰めた方が早いと考えているようだった。

建志はふたりが部屋にいると確信しているのか、話しながら何の躊躇いもなく扉横にあるチャイムを押した。その間髪を入れない行動の速さに果菜は少し驚いてしまう。

「ここまで来たら、本人に聞いた方が早いと思う」

そう言って続けざまにチャイムを押す。その音が止むと廊下はしんと静まり返った。物音ひとつせず、誰かが出てくる気配もない。果菜は緊張のため顔を強張らせながら、ごくりと喉を動かせてもう一度唾を呑み込んだ。

「も、もしかして……いない？」

「いや、誰かわからなくて警戒しているだけだと思う」

次の瞬間、建志はコンコンと強めの音で扉をノックした。その行動に驚いた果菜の肩が揺れる。

「遼、いるんだろ？　俺だよ、建志。果菜さんもいる」

よく通る声で建志が扉に向かって話しかける。すると、その声に反応したかのように、扉のむこうからガタガタと物音が聞こえた。

果菜ははっとなって扉を凝視した。

（やっぱり……いるの？）

がちゃっと勢いよく扉が開く。むこうから顔を覗かせたのは、珍しく焦ったような顔をした遼だった。

「ちょうどお前を呼ぼうと思ったところだったよ。けどなんでお前が果菜といる？

どうしてここがわかった？」

「……中で説明する」

眉を寄せてじろりと建志を見たあと、遼は顎をしゃくった。後ろに下がって建志を招き入れる態度を見せる。

建志が部屋に入ると、遼は扉を押さえて果菜にも入るように促した。

果菜は緊張の面持ちでふたりのやり取りを見ていたが、遼の視線が自分に向いた時、それまで強張っていた身体の力がふっと抜けるのを感じた。もしその時の遼の顔に怒りや焦り、迷いが浮かんでいたらきっと絶望したと思う。しかし、遼の自分を見る眼差しは思いのほか優しかった。

「果菜、体調は？　大丈夫か？」

部屋に入りながら果菜は大丈夫だというようにコクコクと頷いた。

「体調は……本当にただの寝不足だから、大丈夫。あの、ごめんなさい。三笠部長に連絡したのは私なの。それでお願いしてここまで一緒に来てもらって」

果菜の言葉に遼は意外そうに目を瞬いた。

「建志の連絡先を知ってたのか？」

「それは……三笠部長と会社で顔を合わせた時があって、その時にもし何か困ったことがあったら連絡してって名刺をもらって」

「……なるほど。少し読めてきた」

口に手を当てて、遼が考える素振りを見せる。切れ長の目を細めて思案する表情は少しセクシーでこんな時なのに果菜はどきっとしてしまった。

しかしその表情は一瞬で、すぐに元の顔に戻った遼は、申し訳なさそうに果菜を見た。

「それより、悪い。あんな風にひとりにしたから不安になったんだよな。さっきの電話は絵里衣からだったんだ。あんまり面白い話じゃなかったから言わなかったけど、こんなことなら果菜も連れてくればよかったな」

その言葉に、果菜はほっとしつつもバッグからスマホを取り出すと、絵里衣から送られてきた写真を画面に表示させて遼に見せた。

「遼さんが出掛けたあと、実はこれが送られてきて。三笠部長にこれを見せてこの場所がわかったの」

果菜に言われるがまま画面を覗き込んだ遼の顔色がさっと変わる。

「絵里衣だな……」

険しい目つきで画面をじっと見たあと、低い声でそう呟いた。

「うるさいわね！　建志に偉そうに言われたくない！」

その時、部屋の奥から絵里衣と思われる女性の声が響き渡った。それはほとんど、怒鳴り声に近かった。

それに続いて建志が何かを言ったようだが、そちらはよく聞こえなかった。

ちらりと声の方を見た遼がはあ、と呆れたようにため息をつく。

「行こう。全員で一度話した方がいい」

果菜が頷いたことを確認すると、遼は部屋の奥へと足を向けた。

廊下を進むと、奥に広い部屋があった。そこはリビングルームのような場所でテレビとソファ、隅にミニキッチンのようなものが備え付けられている。そのソファの横で絵里衣と建志が向かい合って何やら言い合いをしていた。

「建志」

しかし、部屋に入った遼が声を発すると、ふたりはぴたりと言い合いをやめてこちらを向いた。

「……お前だな？　俺たちが契約結婚だということを絵里衣に言ったのは」

遼の言葉に建志は一度視線をずらすと、可哀そうなほどはっきりと表情を暗くさせた。

気まずそうに頷くと観念したように口を開く。

「……そうだよ。ごめん！　本当に悪かった。後悔してる。遼と果菜さんに本当に悪いことをしたと思っている」

「ほんとだよ。おかげで契約結婚を周囲にばらすと言ってこんなところに呼び出された」

建志はがばりとこちらに向かって頭を下げると、悲痛な声を出した。どうやら本当に後悔していたらしい。

その口調は切実だったが、遼は腹の虫が収まらないらしい。ばっさりと切り捨ててうんざりしたようにため息をついた。

（……やっぱり）

しかし建志の謝罪を聞きながら果菜は内心安堵していた。絵里衣に話したのは建志だった。ということは、遼は絵里衣には話していない。つまりはふたりで会ったりもしてないということなのだ。

建志と話していて、そうなのではないかと薄々気付いてはいたが、今はっきりと断言されて、果菜は身体の力が抜ける思いだった。

「絵里衣。俺を脅して建志も脅して果菜を不安にさせて一体何がしたいんだ」

遼の鋭い視線と突き放すような口調に、絵里衣の顔が歪んだ。子どものようにそっぽを向いて、唇を噛み締めている。その態度は完全に不貞腐れていて素直に答える気はないように見えた。

「三笠部長を脅す……？」

果菜は思わず呟いた。遼を脅した内容はわかったが建志のことは、契約結婚のことを絵里衣に話したのが建志ではないかと思った時から疑問に思っていたのだ。どうして建志は絵里衣に素直に話してしまったのかと。遼は誰かに話さないように口止めしていたと思うし、遼との関係性を考えたらそれよりも絵里衣のことを優先したのが解せなかった。

「大学の時の話だけど、建志と絵里衣は付き合ってたんだ」

ものすごく気まずそうな顔で所在なげに立ち尽くしている建志と相変わらず不服そうな顔で腕組みをしている絵里衣をちらりと見たあと、遼は淡々と言った。

「……え⁉」

意外な事実に果菜は目を見開く。まあ驚くよなと言わんばかりに苦笑いを浮かべた遼は言葉を続けた。

「でも周囲にはそのことは秘密にしていた。絵里衣の兄が俺たちの友人でその繋がりで絵里衣は俺たちに関わってきたんだけど、その兄の野田がかなり真面目なタイプで絵里衣に悪い虫がつくのを警戒していたんだ。特に当時から女癖の悪かった建志はかなり釘を刺されていた」

「……それなのに？」

そんな友人を裏切るような真似を？　果菜は信じられないとでも言うように呟くと、遼は苦々しい顔になった。どうやら遼にとってもあまり思い出したくない過去らしく嫌そうに言葉を続ける。

「そう。しかも建志は最低なことに絵里衣と付き合っている間に他の女とも関係を持った。つまり浮気した。それが絵里衣にばれて修羅場になって揉めに揉めたあと、ふたりは別れた」

「ええ……」

控えめに言っても最低である。思った以上のクズエピソードを聞かされて、果菜は建志に軽蔑の目を向けた。女性関係はハデそうだなと思っていたが、そんな可愛いものではない。建志を見る目が変わりそうだと果菜は思った。

果菜の視線を受けて建志は困ったように笑った。建志はもともと少し目尻が下がっていて優しい顔つきをしている。だからなのか整った顔でそういう顔をされると、情けなさが醸し出されて何となく憎めなくなる雰囲気がある。

（たぶんこの顔で謝られて女の子たちは許しちゃうんだろうなあ……）

きっとこういう男性が『女たらし』というんだろう。近付いてはいけない部類の男性だ。果菜は複雑な表情で建志を見ながら何だか色々悟ってしまったような気分になった。

「そこから建志は絵里衣に逆らえなくなった。絵里衣はまあ当時から我儘だったけれど、それでも純粋で可愛いところもあったんだ。それが初めて付き合った男にひどい裏切りをされてそこから荒れてだいぶ性格も捻くれてしまった。その変わりぶりにさすがに建志は責任を感じて何を言われても受け入れざるを得なくなってしまったというわけだ」

そこで遼はため息をつくと、肩を竦めた。

「それに、絵里衣の兄がそんな妹を見て、どうやら男に遊ばれたらしいと悟ってだいぶ怒った。相手探しが始まって、建志は当時野田とはかなり親しくしていて色々世話にもなっていたから知られたくなくて、黙っている見返りとして逆らえなくなったということもある。まあ完全に自業自得だな」

そこで遼は言葉を区切ると、ふたりをちらりと見た。

「でもそれは学生時代の話で、その関係が続いたのはせいぜい絵里衣がアメリカに行くまでだと思ってた。まさか帰国してからも続いていたとはな。しかも俺と果菜のことまで言うとは」

遼がうんざりしたような顔で見ると建志は肩を窄《すぼ》ませてしゅんとしながら「本当に悪い。お詫びに何でもする」ともう一度謝った。

「絵里衣はあのあと、何だかんだ言いながらも慰めて親身になってくれた遼を好きになっただろ？　けれどお前は絵里衣のことを相手にしなかったから、俺はずっと相談されてたんだ。結局遼は独身主義だから特定の相手を作らないんだろうって諦めてアメリカに行ったのに戻ってきたみたらお前が結婚している。絶対おかしい、何か裏があるって泣くからつい……」

ちらちらと絵里衣を見ながら言いにくそうに建志は話した。その目には迷いがちらついていて、絵里衣の心情を暴露することに躊躇いが見える。

もちろん同情はできないが、その言葉を聞いて、果菜は何となく建志の気持ちもわかるような気がした。

きっと建志は過去に絵里衣のことをどれだけ傷つけたかを自覚していて、ずっと罪の意識を感じているのだろう。だからつい絵里衣の肩を持ってしまうのだ。

もちろんだからと言ってしてはいけないこともあると思うが、そうするに至った背景を聞くと、一概に責められないなという気持ちにもなっていた。

しかし、そんな果菜の心情を吹き飛ばすかのように、隣からはあと大きなため息が聞こえた。

「お前は馬鹿か？」

遼は吐き捨てるような口調でそう言うと、苦々しい顔でどうしようもないなというように頭を振った。

その強い言葉に果菜は驚いてしまう。それは建志も同じだったようで、呆気に取られた顔で遼を見ていた。

「どうしようもないほど鈍感だな。そのおかげで大迷惑を被った俺たちへの詫びもかねて今日は責任を取ってもらう。でもその前にひとつ確認させろ。お前は果菜に連絡先を渡して困ったことがあったら連絡しろと言ったらしいな。それは絵里衣が果菜に何かすると思ったからか？」

遼の常にはない強い口調にたじろいだような表情を見せながらも建志が頷いた。

「あ、うん、そう。絵里衣はとりあえずアクションを起こすなら遼の方にいくだろうなとは思ったけど、一応の保険のために。でも果菜さんに伝える時に絵里衣の名前出したら何にもなかった時にいらない心配かけると思ったから変な伝え方になってしまって申し訳なかったんだけど」

胸の前で手を合わせて、「ごめんね、果菜さん」と謝られて果菜はとりあえず微妙な笑いで返した。この状況でどう返事をしていいのか、正直わからなかったのだ。

遼は建志の返答に軽く頷くと、無表情に言葉を続けた。

「俺の知る範囲だと、絵里衣のしたことは、俺に電話をして、契約結婚のことを周囲にばらすと脅してここに呼び出したことと、この部屋に入るところをこっそり撮影して果菜に送ったことだ。他に何かあるか？」

言いながら遼は、建志と絵里衣を見て、最後に果菜に視線を向けた。絵里衣は不貞腐れた顔のまま頑なに口を閉じている。どうやら自分から言う気はないらしい。

（……なんか、投げやりになってる？）

そんな絵里衣の様子に、果菜の心にふと、疑問が湧いた。

今までのことを総合して考えると、どうやら絵里衣は建志と別れたあと、遼のことを好きになったらしい。けれど遼は絵里衣と付き合う気はなく、諦めた絵里衣はアメリカに行ってそっちでアメリカ人と婚約した。しかし別れることになり、日本に戻ったらなんと結婚願望のなかった遼が結婚していた。

しかも相手は地味で何の変哲もない女。遼がそんな女を結婚するほど好きになるわけないと疑問を感じて建志を問い詰めたら契約結婚であることが判明する。やっぱりと思った絵里衣は果菜と遼の契約結婚を解消させようと動いた。それで昨日は果菜に早く離婚するように圧力をかけ、今日は遼を呼び出した——。

この想像は概ね事実だろう。

絵里衣は果菜と遼が来てからずっと仏頂面で無言を貫いている。自分の計画が上手くいかなくて、遼が手に入らなくて投げやりになってしまったのかもしれないが、今まで見た彼女のキャラクターからすると、それにしては反応がちょっと大人しすぎるような気もした。絵里衣の態度は、例えるなら、嵐が過ぎ去るのをじっと耐えて待っているようにも見えた。

「果菜？　本当に何もない？」

隣から心配そうに声を掛けられて思考を断ち切られた果菜ははっと遼を見た。

どうやら絵里衣が何も言わないことを見越して果菜の言葉を待っていたらしい。

果菜は、少し首を傾けると、困ったように頬をぽりぽりと掻いた。

この状況で言うのは何となく気まずいが、ここまできたらすべてを言った方がいいだろう。

覚悟を決めて、口を開く。

「実は昨日、仕事から帰ったら絵里衣さんがマンションの前で待ってて……」

「は!?」

遼が驚いたように目を見開いた。

「近くのカフェで少し話したんだけど、私たちの結婚が契約結婚であともう少しで契約期間が終わることを知ってるって言われて、早く離婚しろって……」

「絵里衣……!」

これまでの話ぶりから考えて、遼はこのことを聞いたらたぶん怒るだろうと思っていた果菜だったが、予想通り、怒気を露わにした遼に思わず身を固くしてしまう。

こうやって怒ってくれるのは果菜のことを真剣に考えてくれているからだろうし、そうやって思ってくれるのは正直、とても嬉しい。けれど、怒りを露わにした遼の迫力に気圧されてしまう。

それは絵里衣も同様だったらしく、表情こそ仏頂面を保っていたものの、その細い肩がびくっと揺れた。

「なんで果菜にそんなことを？　どういうことだよ。お前が好きなのは建志だろ」

遼が語気を荒らげて発した言葉はその場にいた全員に衝撃を与えた。

（まさかの……そっち⁉）

果菜は驚きのあまり思わず絵里衣を見た。てっきり遼を好きなのだと思っていたが、まさかの建志。けれどそうだとすると言動が色々おかしくて、どういうことなのかと思ってしまう。

絵里衣はここでもまだノーコメントを貫こうとしているのか、唇をぐっと噛み締めてそっぽを向いていた。まるで誰とも目を合わせないことで自分を守ろうとしているかのように。しかし、その瞳は動揺で激しく揺れ、肩も小刻みに震えていることから、どうやら図星を指されたらしいことがわかる。

「うそ……だろ。絵里衣が、俺を？」

そして、遼の言葉は建志にとっても寝耳に水だったらしい。きっと思いもしてなかったのだろう。信じられないというように何度も目を瞬いている。

「いや、本当。今まで俺は完全に当て馬だった。お前は俺が絵里衣を慰めていると勘違いしていたようだけど、接触を持ってきたのはすべて絵里衣からで絵里衣が俺にちょっかいを掛けてくるのはお前が絡んでいる時だけ。ある意味すごくわかりやすかったけどな。裏切りが許せなくて別れたけど結局忘れられないんだと思ってた」

遼はそこで一旦言葉を切ると、絵里衣を鋭い目で睨んだ。

「なんで果菜にそんなことを言ったのか、あと今日変なメッセージを送ったのもだな。理由を言え」

言いながら遼は絵里衣に近付く。怒りのオーラを放ちながら遼は迫った。

「まさか俺たちを別れさせせようとしたわけじゃないよな？」

さすがの絵里衣も遼のあまりの威圧感に怯んだような様子を見せた。迷うように視線を彷徨わせている。遼が冷たい声で「絵里衣」と言うと、やがて不貞腐れたように口を開いた。

「で、でも。契約結婚は本当でしょ。私が言っても言わなくても、もうすぐ離婚だったんだから別にいいじゃない」

「そういう問題じゃないだろう。建志の気を引きたくて俺のことを建志に聞いたんじゃないのか？」

遼の絶対引かない様子に観念したのか、絵里衣はその艶やかな髪をばさっとかき上げると、はあっと大きく息を吐いた。

「……確かに最初はそのつもりだった。アメリカ人と付き合って別れて、やっぱり日本人の方がいいかなと思ってたところに建志と再会して、建志は変わらず格好いいし優しかったから。でもやっぱり建志は建志で相変わらず女癖が悪そうだし私に興味もなさそうだから、途中からもういいかなと思ったのよ」

「そう思ったんならもう手を引いたらいいだろ。なんでそこから俺の方に？」

「……だって」

遼の容赦のない突っ込みに絵里衣は口を尖らせた。

「久しぶりに会ったら、なんか遼変わってたから。昔は近寄ってくる女の子に対してすっごく冷たくて、私もあんまり相手にしてくれなかったのに、雰囲気が柔らかくなってなんか奥さんには優しいし。こういう感じだったら遼と結婚するのも悪くないかなって。聞いたら契約結婚でもうすぐ離婚するって言うし、だったら私がそのあとを引き継いだらいいんじゃないかなって、そう思っただけよ」

「そう思っただけって……なんだよそれ」

その悪びれない態度が相当に苛立ったのか、額に手を当てて、はあっと大きく息を吐いた遼は、心を落ち着かせるようにその体勢のまま二、三度息を吸っては吐いてを繰り返した。

「……建志、お前契約結婚のことだけしか言ってないんだな」

「……ごめん。だって本当のこと言ったら絵里衣がショックを受けると思って」

ハラハラした表情で事の成り行きを窺っていた建志が申し訳なさそうに答える。

「所詮打算なんだから受けねえよ」

ばっさりと切り捨てるように言うと、遼は刺すような視線を絵里衣に向けた。

「絵里衣。俺たち、契約結婚は解消して離婚はやめにしたんだ。一緒に暮らすうちに俺が果菜のことを本当に好きになってしまったから。ちゃんとした夫婦になりたくて契約結婚をやめようと申し込んだ。果菜は同じ気持ちだと言ってそれを受け入れてくれた」

「……え？」

言いながら遼は腕組みをしてじっと絵里衣を見据える。聞いていた絵里衣は驚いたような顔になった。

（……うそ。本当に？）

しかし、そんなふたりの一方で、果菜は別の感情に包まれていた。

思いがけないところで、ずっと聞きたかった遼の本心を聞いてしまった。

はっきりとした言葉がなかったから、果菜はずっと不安だった。

離婚をやめようと言い出したのは何か事情があったからで、特に自分を好きなわけではないんじゃないかと、どこかで遼を信じきれない自分がいた。

しかし。

今、はっきりと遼は果菜を好きだと言ってくれた。

自分たちは気持ちが通じ合っていたのだ。

（……よかった、勘違いじゃなくて本当によかった……！）

身体の奥から喜びが込み上げてくる。今まで感じたことのない荒れ狂うような感情の波だった。嬉しくて心が震えて、胸が詰まる。

感激のあまり涙腺が緩んだのか、つんと鼻の奥が痛くなって目が潤んだ。

「それに、俺が優しいのは妻だからじゃない。果菜だからだ。果菜のことが好きで大事にしたいからその結果優しくなっているだけ。たとえお前と契約結婚したとしても優しくはできない。妙な勘違いをして変な横やりを入れられるのは心底迷惑だ」

果菜が涙を堪えている横で、遼はそれに気付いた様子もなく、淡々と絵里衣に言い放っていた。その表情は眉間に皺を寄せたとても険しいものだった。

「絵里衣。果菜に謝れ。契約結婚でもうすぐ離婚すると思ってたんだったら、放っておいて実際に離婚してから行動を移せばよかっただろ。それをあることないこと吹聴したり、脅して俺を呼び出してその写真を撮ったり、はっきり言ってやりすぎだ」

「だって……それは。早くしないとパパにお見合いさせられちゃうのに果菜さんがなかなか離婚してくれないから。遼がとりあえず独身になってくれればパパに紹介できるのに」

「はあ？　そんなお前の都合なんか知らない。大体、果菜の連絡先はどうやって知った？　金を払って調べたのか？」

言い訳のようにごにょごにょと言った絵里衣の言葉を遼は一蹴した。質問に対して、気まずそうに頷く姿を見て、心底軽蔑したというように眉を顰める。

「最低だな。これ以上俺を怒らせるな」

氷のように冷たい視線と強い物言いに、絵里衣の肩がびくっと揺れた。その顔が一瞬のうちに真顔になる。開きかけていた口をぱっと閉じた絵里衣は、少しの間のあと、強張った表情のまま果菜を見た。

「……悪かったわよ」

少しだけ頭を下げ、小さな声で絵里衣はそう言った。

「それだけか？」

また遼が強い口調で言って、その言葉にはっとしたような表情を見せると、絵里衣は考えるように目を瞬いたあと、おもむろに口を開いた。

「非常識なことをして本当に悪かったと……思っているわ。傷つけてごめんなさい」

そして、今度は深々と頭を下げた。

「果菜、今はこれでごめん。たぶんこれ以上の謝罪は期待できないと思う。あとでそれ相応の罰は受けてもらうが今はこれでいいか」

絵里衣の謝罪にどう返したらいいのか困っていた果菜は、遼からもいきなり話を振られて、少しあたふたしてしまう。

「あ、うん。大……丈夫」

そう言って曖昧に笑うのが精一杯で。

確かに、絵里衣の言動にはかなり心を揺さぶられ、苦しめられもしたが、果菜以上に遼が怒って色々言ってくれたので、果菜としてはこれ以上、言うことは何もない状態だった。

それに、果菜は性格的に誰かを責めることはあまりできない性分であるし、そもそもそこまで怒ってもいない。それはたぶん、果菜が最初から絵里衣の言うことを頭から信じたわけではなくて半信半疑ぐらいであったため、それほど騙されたという気がしていなかったせいでもあった。

だから果菜としては、今後関わらないでくれたらもうそれでよかった。

「ちょ、ちょっと罰って」

遼の言葉に反応した絵里衣が慌てたように言う。そんな絵里衣に向かって、遼は冷たく一瞥をくれた。

「当たり前だろ。お前のしたことはそんなに軽いことじゃない。果菜を不安にさせて、傷つけたんだ。言葉だけでちょっと謝罪したぐらいで済むと思うなよ。今回のことをすべて野田に話してお前のことを監視してもらうように話をつける」

「お、お兄様に……⁉」

今までで一番、絵里衣の顔が青ざめた。それはほとんど蒼白といっていいほどで、絵里衣の相当な動揺が見て取れる。

「建志のことも含めて言うからな」

続けざまに遼は、黙って事の成り行きを見守っていた建志に視線を投げかけた。建志はえっとでも言うかのように目を見開いた。

「な、なんで俺まで⁉」

「そもそもお前が絵里衣に契約結婚のことを言わなければ、ここまでこじれなかった。それもこれもお前の過去が招いたことだろ。もうちゃんと清算しろ」

「まじか……俺やばいかも」

見れば建志の顔も若干青い。そんなに絵里衣の兄の野田という人物は怖いのかと果菜は思わず想像を巡らせた。

（ここまで恐れられるなんて、どんな人なんだろう）

果菜の心に、ついつい少しばかりの好奇心が芽生えてしまう。

「野田は別にそこまで怖い人間じゃない。ただ、人情家な分、曲がったことが大嫌いで筋を通さない人間を許さない。たぶんこの話を知ったら怒り狂うだろうし絵里衣にむこう二、三年自由はないだろうな。真人間に戻すと奮闘し始めるのが目に見える。金銭も管理されるだろうし、反省するまでボランティアとかもやらされるだろう。建志はどうなるかはちょっとわからないが」

疑問が顔に出ていたのか、遼が果菜に詳しく説明してくれる。それを果菜は、何だか大変そうだなと思いながら聞いていた。

「そ、そうなんだ。それはこれから大変だね」

「自業自得だろ。果菜は人が良すぎる。じゃあ俺たちは行くから、野田から連絡がきたらちゃんと出ろよ」

遼がそう言い、「行こう」と果菜の背中を押す。絶望感が漂う建志と絵里衣を残して、ふたりは部屋を出た。

その後、ふたりはホテルの駐車場へと向かった。遼は普段はあまり乗らないが、車が好きでイタリア製の車を所有している。どうやらすぐに帰ってくるつもりで、自分で運転してホテルまで来ていたらしい。

助手席に乗ろうとした時に、そこに遼のスーツのジャケットが放り投げられているのが見えた。

それまで注意していなかったが、運転席に乗り込んだ遼を見ると、確かにジャケットは着ておらずワイシャツ姿だった。それに果菜は首を傾げる。

「これ、車に置いていったの？」

季節は十月。夜になって気温が下がり、肌寒いぐらいだった。それなのにどうしてだろうと単純に思ったのである。

遼は果菜が手に持っているものを見ると「ああ……」と何かを思い出したような声をあげた。

「車で行くっていったら絵里衣が駐車場で待ち構えていたんだけど、すごい勢いで向かってきて、手に持っていた飲み物を掛けられたんだよ。それでスーツが濡れたから置いていった」

「それで……」

果菜は思わず呟いた。その話で得心したことがあった。

手の中にあるスーツは少し重い。それに加えて、中の方に何かゴツゴツとしたものがあるのが、感触からわかっていた。

「遼さん、スーツのポケットにスマホ入れたままで忘れてた？」

果菜は遼にスーツを手渡す。遼は「そうだった」と言って、受け取ったスーツをごそごそすると、スマホを取り出した。

「あれ、果菜電話した？」

スマホの画面を見た遼が声を上げる。果菜はその問いに頷いた。

「うん。絵里衣さんから変な写真が送られてきたあと、心配になって。それで繋がらなかったから、三笠部長に連絡を取ったの」

画面を見ながら果菜の言葉を聞いていた遼の表情が苦いものに変わる。頭を抱えるように額に手を当てるとため息をついた。

「出れなくてごめん。たぶん絵里衣に仕向けられた。あの時、時間がないとか言って妙に急かされて、すぐに話をつけて戻るつもりだったから俺もあんまり気にしなかった。たぶんなるべくスマホを遠ざけて、できるだけ果菜と連絡を取らせないようにしたんだろうな。俺と果菜が話したら自分の嘘が一発でばれるから」

「……絵里衣さん、そこまでして」

「なんというか考えが浅いよな。まあ俺と果菜が契約結婚で契約上の関係でしかないと思い込んでいたみたいだから、ちょっと圧をかければすぐに果菜は引くだろうと思っていたんだろうけど」

「……うん」

そこで遼は一度黙ると、不意に真剣な顔で果菜を見た。運転席から身を乗り出すように果菜に近付くと、腕を伸ばして指の腹でその頬を撫でた。

(——え?)

急に遼の雰囲気が変わったような気がして、果菜の鼓動が速まる。

何か大切なことを言おうとしているような、そんな顔をしているように見えた。

「果菜、不安にさせて本当に悪かった。離婚をやめるという話になったばかりのタイミングでこんなことが起こって色々と悩ませてしまっただろ」

「う、ううん。そんな……」

咄嗟に否定しようして、しかし果菜はそこから先の言葉を続けられなかった。

遼の言うことは事実だったからだ。

はっきりした言葉もないまま一線を越えて、遼の真意がどこにあるのか果菜にはいまいちわからなかった。そんな時に絵里衣のことがあって、その言葉は果菜の心を乱した。

苦しくて、不安だった。

黙ってしまった果菜の手を握って遼は言葉を続ける。

「誤魔化さなくていい。契約結婚と離婚のことは、お互いの気持ちをちゃんと話して何の疑問もない状態で決めるべきだったのに、あんな風に勢いみたいにセックスに持ち込んで果菜に同意させたことを後悔していたんだ。あの時果菜が、パーティーがいい思い出になったとか言うから、このまま離婚をするつもりなんだって、内心すごく焦った」

「え？」

遼の意外な告白に、果菜は思わず目の前にある整った顔をじっと見つめた。切れ長の目が果菜を捉えていて、その怖いくらいの真剣さにそこから目が離せなくなる。

（……あの時は）

果菜はあのパーティーの夜を思い出した。確かに、あの時、住む世界の違いをまざまざと見せつけられて、果菜は少し落ち込んでいた。

けれどそんなことを言ってしまっていただろうか。

たぶんあの時は果菜もいっぱいいっぱいで、まさか果菜の言葉をそんな風に捉えていたとは思いもよらなかった。

その瞬間、果菜は、ぎゅ、と心臓が縮んだような心地を覚えた。嬉しいような苦しいような。それでいて気持ちが高揚する、何とも複雑な感情だった。

「果菜は全然俺を頼ってくれないし、離婚を既定路線で考えている。そう思って俺も焦ってしまって一刻も早く果菜を自分のものにしなければという考えばかりに駆られてしまった。肝心な気持ちを伝えることすら忘れて、果菜にとっては強引だったよな……ごめん」

果菜はぎゅっと唇を引き結んだ。

目が潤む。心の奥から込み上げるものがあって、そうしなければ、涙が零れてしまいそうだった。

「……本当は、ずっと不安だった」

しばらく溢れ出るものを押し留めるように黙っていた果菜だったが、やがて小刻みに震える唇をゆっくりと開いた。

「遼さんと私は釣り合わないと思っていたから。離婚をやめようと言ってくれて嬉しかったけど、いまいち自信が持てなかった」

その瞬間、溢れ出た涙が眦《まなじり》から頬に落ちた。

遼がそれを指で拭う。

「果菜、好きだよ。ごめん。お互い好意は持たないという約束だったのに、一緒に暮らしている内に果菜を好きになってしまった」

そっと、壊れものでも扱うような、優しい手つきだった。

遼は、頬から顎まで指を滑らせると、そっとそこを持ち上げ、唇を重ねた。

唇に落ちるその柔らかい感触に身体の力が抜けそうになる。

「私も、遼さんのこと好きになっちゃったからお互いさまだね」

何度か啄《ついば》むようなキスをしたあと、唇が離れた合間に果菜は小さな声でそう言って、照れたように笑った。

まるで雪解けのように、今まで感じていた不安がなくなり、心がゆっくりと解けていくのを感じた。

「果菜、こっち」

帰宅すると、遼はそう言って果菜の手を引き、寝室まで連れて行った。

家に帰るまでの車内でも、マンションの駐車場に車を停めたあとも、自宅までのエレベーターの中でも、玄関でも。隙があるとキスを繰り返して、ふたりを包む空気は濃密さを増し、寝室に行きついた時にとうとう最高潮に達した。

ベッドの上に横たわった果菜の上に遼がのしかかる。唇を重ねて舌が絡む濃厚なキスを交わした。

「果菜……可愛い」

遼はそう言いながら首筋に唇を滑らせた。シャツのボタンをはずし、キャミソールの下に手をくぐらせる。

素肌に触れる男性特有のゴツゴツした手の感触に果菜の鼓動は高まった。自然と呼吸が荒くなってしまう。

遼は唇と指先と手のひらを使って果菜の身体のあちこちに触れた。服と下着を順番に脱がせながら、敏感な部分に触れて刺激し身体の熱を高めてくる。

やがて自身の服も脱ぎ去ると、裸の身体を重ね合わせながら、遼は果菜を貫いた。

その頃には果菜の頭は熱に浮かされたようになって、ただ遼にしがみついていることしかできなかった。

最初のセックスでもそういう傾向はあったが、遼はベッドの上では情熱的だった。

名前を呼んで、「好きだ」「可愛い」「愛している」と繰り返しながら、果菜にキスをし抱きしめて揺さぶる。

心が震えるほどの幸せというのはこういうことをいうのか。

泣きたくなるほどの充足感を味わいながら、果菜は果てた。

そうして嵐のように情熱的なセックスが終わり。

身体に残る甘い余韻に浸りながら、ひどく満たされた気分で果菜は遼の腕の中にいた。

「果菜、今日から毎日一緒に寝よう。俺が遅くなる日は先に寝てていいけど、こっちにいてほしい」

果菜は遼に後ろから抱き込まれる姿勢で横たわっていた。頭の上から聞こえる声に「うん」と返事をする。

その声があまりにぼんやりとしていたせいか、くすりと遼が笑った。

「眠い？　明日も仕事だし、もう寝た方がいいかな」

言いながら髪の毛に触れてくる。優しく梳《と》かすようにされて、果菜はゆっくりと目を瞬いた。

そんな風に撫でられては余計に眠くなってしまう。果菜は顔だけ傾けて、遼に視線を向けた。

「だめ、そうやって撫でられたら、余計に、眠くなっちゃう……」

「寝てもいいよ？　おやすみ」

優しいトーンで言われて、その声も心地がよくて、思わず瞼を閉じてしまいそうになった果菜は、すんでのところでそれを堪えた。慌てて瞬きをして眠気を追い払う。

「でも、まだ着替えてないし……」

果菜たちはまだふたりとも裸の状態だった。寝るのであればさすがに何か身に着けた方がいいと思うし、できればシャワーも浴びたい。心の中で葛藤しつつも、忍び寄る睡魔に勝てず、果菜はしょぼしょぼと目を瞬いた。

「大丈夫。俺に任せて」

「え。い、いいよ。自分でできる」

遼が着替えさせてくれるということだろうか。それはそれでかなり恥ずかしい気がする。想像してみて、果菜は慌てて声を上げた。

「遠慮しなくていいよ」

くすりと笑いながら遼は果菜のこめかみや頬に優しくキスを落とした。その柔らかい感触にまた身体の力が抜けていってしまう。

やがて果菜は幸せな心地に包まれながら、まどろみの中に落ちた。

エピローグ

「あ、果菜、今日飲みに行かない？」

「ごめん。今日はちょっと用事があるんだ」

仕事が終わり、廊下を歩いていた果菜は、休憩スペースに通りかかったところでそこにいた千尋に声を掛けられて足を止めた。

「そうなんだ、残念。もしかして旦那さんとデート？」

にやにやとからかうように笑われて、果菜は苦笑いを浮かべる。

「デートってわけじゃないけど、まあそんな感じ」

「ふーん。うまくいってんだ。まあ、聞いてみたら旦那さんの方が果菜にベタぼれだったわけだし、本当によかったよね」

千尋には、遼とうまくいったことを建志と絵里衣のことも含めてすべて話していた。

果菜が悩んでいたことを知っていた千尋は、絵里衣の行動の顛末に驚きつつも、うまくいってよかったねと祝福し自分のことのように喜んでくれた。

「そういえば、あれから富田どう？　何か言ってきたりする？」

話している途中で思い出したのか、千尋が声を潜めて聞いてきた。それに果菜は首を振った。

「そういや、全然話しかけられなくなったかも。引かれたっぽい」

「……そうなんだ。それも何かちょっと気まずいね」

「余計なことを周りに言い触らさないでくれたらそれでいいよ」

果菜は千尋に、遼が結婚相手だと富田にばれたことは言ったが、告白まがいのことを言われたことは言っていなかった。あんなことになって富田は相当気まずかったに違いない。だったらもうなしにしてあげるのが、せめてもの果菜がしてあげられる優しさだと思ったのだ。

富田はもう果菜には必要以上に話しかけてはこないだろう。果菜としては、遼のことさえ社内で言わないようにしてくれたら、それだけでありがたかった。

「ということは、カミングアウトする気はないんだ」

「カミングアウト?」

オウム返しをした果菜に千尋は頷いた。

「うん。ほら会社で内緒にしてたのって契約結婚だったからっていうところもあったじゃない? 離婚するのに注目されるの嫌だしね。でも、もう離婚はなしでしょ?

この先ずっと一緒にいるんだからばれる可能性も出てくるじゃない。だったら先に自分から言うのかなーって」

千尋の言葉に、果菜はパタパタと顔の前で手を振った。

「ないない。そんな怖いことしないよ。なんであんなちんちくりんが芦沢専務と⁉ってなっちゃうから。ばれないようになるべく目立たないようにして頑張るよ」

「えーでも、黒塗りの高級車とかで迎えにこられたらさ、嫌でも目立つよ」

「う」

鋭い突っ込みに果菜は言葉を詰まらせた。遼が車で迎えに来るのは今までに何度かあったことだったからだ。今日もこのあと待ち合わせしていて、迎えにいくと言ってたから、会社の前にいるかもしれない。

「……気を付ける」

「頑張ってね」

微妙な笑みの千尋に見送られつつ果菜はその場をあとにした。

会社の前の通りに出ると、予想通りすぐ近くに遼の車が見えた。果菜は周囲を見回して見知った人がいないことを確認してから、小走りに近寄ってコソコソと車に乗り込む。

「お疲れ様。迎えに来てくれてありがとう」

果菜がドアを開けた音で、遼が見ていたタブレットから顔を上げた。シートに座った果菜を見て笑みを浮かべる。

「いや、俺の実家に行くんだし、これぐらい当然だよ」

遼が「行ってくれ」と言うと、車は静かに動き出した。

遼の言葉通り、果菜たちは今日、遼の実家に顔を出し、食事をする予定である。遼の母親から誘いが来て、それに応えた格好だった。

遼の実家は都内の高級住宅地にある。果菜の会社からそれほど遠くはなく、車窓を眺めてぼうっとしたり、遼がタブレットで仕事を片付けている合間に少し話したりしている内にすぐに着いた。

（相変わらず立派だなあ……）

遠くからでもすぐにわかるぐらい、芦沢家の家は大きい。

その立派な門の前にさしかかった時、遼が隣から声を上げた。

「ここでとめてくれ」

芦沢家には広々とした庭もあるため、門から玄関まで少し歩かなければならないようになっている。そのため、門からポーチまでを繋ぐアプローチは車で通ることができる。いつもは門を車で通過し、ポーチに横付けしてもらうので、果菜は遼の言葉を少し訝しく思った。

「まだ時間が早いから少し歩こう。果菜、前に庭見たいって言ってだろ」

その言葉に果菜は笑って頷いた。

芦沢家の庭は、まるで庭園といった様相だった。きれいに刈り込まれた樹木や生垣の間に季節の花が植えられていて、その整然とした様子はとても美しかった。日は沈み、あたりは薄闇に包まれつつあったが、庭のあちこちに埋め込み式のライトが設置されていて十分な明るさがあった。

そんな整備された広々とした庭園の中を遼とふたりで手を繋いで歩く。

「そういや、建志と絵里衣、野田に色々させられているらしいよ」

庭のあまりの立派さに感嘆の声をあげる果菜を笑って見ていた遼が、ふと思いついたようにそう言った。何気ない感じで言われて、果菜は驚きの声を上げた。

「え、色々って⁉」

「絵里衣はやっぱりボランティア三昧。それと、贅沢は禁止されてブランドものも全部取り上げられたって。社会奉仕活動に身を置きながら自分を見つめ直させられているらしい。建志は女断ち。煩悩が多いって言われて禅を学ばせられているらしい」

その言葉に果菜は「そ、そうなんだ」と苦笑いを浮かべる。ふたりにしてはたまったものではないだろうが、させられている内容自体は素晴らしいことなので、これでふたりがそれぞれいい方に向かえばいいなと果菜は心から思った。

「あ、噴水だ。すごい!」

生垣がなくなり視界が開けたところで、噴水を発見した果菜は興奮気味な声をあげた。

改めてスケールが違うなと思いながらも果菜は噴水に近寄って水が溜まっている部分を覗き込んだ。

「そう言えば、最近母さんたちが孫はまだかってうるさいんだよな。もしかしたら今日も言われるかも」

果菜が落ちないようにという配慮なのか、後ろから腰を抱えるようにしながら掛けられた言葉に果菜は思わず反応した。

「そうなの?」

「うん。まあ一応結婚して一年経つしな……。心配しているのかも」

言われて確かに、と果菜は思った。

果菜と遼が一線を越えたのはここ一か月の話だ。しかし、周囲から見れば結婚したのは一年前。跡継ぎのことを考えると、そろそろ……と期待してもおかしくはない。

果菜はくるりと振り返って遼と向き合った。

「そうだよね。わかった、覚悟しておく。その気になったとしてもそんなにすぐにはできないし、申し訳ないけどもう少し待ってもらうしか……」

「え？」

「あ、果菜はその気はあるんだ？」

あんまりよく考えないで言った言葉ではあったが、遼にここぞとばかりに突っ込まれて、果菜は何だか急に恥ずかしくなってしまった。頬にうっすらと赤みが差す。

「い、いや、その気というか……」

思わずごにょごにょしていると、急に真面目な顔になった遼が、果菜の目をまっすぐ見て言った。

「俺は、あるよ」

「……本当に？」

突然にそんなことを言われるとは思わなくて、驚いた果菜は目をぱちぱちと瞬いた。

確かに、本当の夫婦になったのだから、いつかはという気持ちがあったが、遼が既にそこまで考えているとは思わなかったのだ。

「当たり前だろ？　これからずっと一緒にいるんだから。家族計画ぐらい考えておかないと」

「そう……だね」

果菜はそう返すの精一杯だった。遼がふたりのことを真剣に考えているのが伝わって、なんだか胸がいっぱいになってしまったのだ。

「好きだよ。一生大事にする」

何だかプロポーズみたいだなと思いながら果菜はコクコクと頷いた。ふっと笑った遼が腕をまわしてふわりと果菜を抱き締める。果菜は幸せだと思いながら、涙腺が緩んでいくのを感じた。

終

特別書き下ろし番外編

それからのふたり

「果菜……果菜」

自分を呼ぶ声と身体を揺さぶられる感覚に果菜は閉じていた瞼を開いた。

「あれ……私」

「ソファで寝てたよ。こんなところで寝てたら風邪ひく」

まだ少し寝ぼけまなこだった果菜はきょろきょろとあたりを見回し、何かを探してから遼を見上げた。

「芽衣菜《めいな》は？」

「寝室のベビーベッドで寝てたよ。果菜も寝るならベッドで寝た方がいい」

「あ……そうだった。寝かしつけてたんだっけ」

果菜はそう頷きながら、ソファから身体を起こした。

気持ちが通じ合って子どもについて話したあと、割とすぐに妊娠し、果菜は仕事を辞めた。そして五か月前に女の子を出産した。

遼は妊娠をとても喜んでくれ、出産にも立ち会ってくれた。今もできるだけ子育てに参加しようとしてくれていて、思った以上に良いパパだった。

そういうわけで絶賛子育て中である果菜は、毎日の育児に追われて、ヘトヘトな日常をおくっていた。寝かしつけたあとに疲れてソファで寝てしまうこともザラで、そのたびに心配そうな顔の遼に起こされていた。

「一日中芽衣菜の面倒をみるのが大変だったら、ベビーシッターにきてもらうとかしようか？　それかハウスキーパーが来る日を増やすとか」

「ありがとう。でも大丈夫だよ」

寝室に向かいながらふたりでそんなことを話す。遼は昔から家にたくさんのお手伝いさんがいたみたいだから慣れているのだろうが、庶民出身の果菜は家に他人がいると落ち着かないのだ。それに、娘の芽衣菜はとてもかわいいし日々の成長が楽しみでもある。大変だがつらくはなかった。

寝室に置いてあるベビーベッドの中では、芽衣菜がスヤスヤと気持ちよさそうな寝息を立てて寝ていた。ふたりで並んでその光景を覗き込みながら、そのぷっくりした頬を指でツンツンと触って果菜は微笑んだ。

「可愛い」

「完全に同意だ」

そっと手を伸ばした遼がきれいなカーブを描くツルっとした額に触れる。そのまま愛おし気に、ぽよぽよと申し訳ない程度に生えている柔らかそうな髪を撫でた。

遼は芽衣菜が寝てしまったあとに帰ってくることも多いが、起きている間に帰宅できた時は抱っこしたりあやしてくれたり時にはオムツも変えてくれる。意外にも子煩悩だった。

それから、数日後のこと。その日遼は珍しく早く帰宅し、夕食後には芽衣菜の世話を買って出てくれていた。キッチンを片付けていると、芽衣菜を抱っこした遼が傍にきた。

「果菜、今度の休みの日に、芽衣菜を俺の実家に預けてふたりでどこかに出かけない?」

「え?」

突然の提案に果菜は目を瞬く。キッチン台を拭いていた手を止めて遼を見た。

「いや、別に俺と一緒じゃなくてもいいけど。芽衣菜が生まれてから、果菜はずっと芽衣菜と一緒で自分の時間ってないだろ。たまにはそういう息抜きの時間も必要だと思うんだ。芽衣菜の預け先は俺の実家じゃなくてもいい。美容院とかエステとか、もし果菜がひとりで出かけてしたいことがあるんだったら、俺が芽衣菜を見ててもいいし」

言われてみれば確かに果菜は芽衣菜を産んで以来、あまりひとりの時間を過ごしたことがない。美容院とかちょっとした用事ぐらいは、遼が休みの日に少し見ててもらって行ったことはあるが離れてもせいぜい二、三時間ぐらいだった。

「俺や親たちだけで芽衣菜を長く見ることに不安があるんだったら、もしものためにベビーシッターを頼んで待機していてもらうから心配ない。だから考えてみて」

優しく言われて果菜は素直に頷いた。実際にやるかは別として、遼のその気遣いは嬉しかった。だから果菜は笑って「ありがとう」とお礼を言った。

そしてまたそれから数日後。果菜は遼とふたりで自宅にいた。

結局、果菜は提案を受け入れて息抜きのための時間をありがたく頂戴することにしたのだ。

遼が調整してくれて芽衣菜は遼の実家で預かってもらうことになった。ベビーシッターをふたりも雇って万全の態勢を敷いてくれているらしい。そこまで準備してもらっているし芽衣菜もまだそれほど人見知りをしていないので、預けることに不安はなかった。

「果菜は行きたいところはある？　どこでもいいよ」

そう聞かれて果菜は首を傾げた。せっかく用意してくれた一日だし有意義に使いたい。行きたいところやりたいことは色々あるし、どうしようかとけっこう悩んだ。

果菜は遼を見上げながら口を開いた。

「なんでもいい？」

その問いに遼が大きく頷く。

「もちろん」

「じゃあ、遼さんと家でふたりでゆっくり過ごしたい」

「え」

言いながらにっこりと笑うと、遼は驚いたように目を見張った。

「いいの？」

まるで『本当にそんなことで？』とでもいうような口ぶりだ。果菜は笑いながら頷いた。

「うん。それが今私が一番したいことなの」

そうなのだ。果菜も色々と考えたが、結局本当に果菜がしたいことと言えば、遼と過ごすことで。そう考えると、外に出かけるのもいいが、家でゆっくりとするのもいいなと思ってしまった。

もっと正直に言えば、たまにはふたりでいちゃいちゃしたかった。

遼はいつでも優しいしけっこう甘い時もあるが、芽衣菜が生まれてなかなかそういう時間が取れていないことは否めない。やっぱりどうしても子ども中心になってしまう。

「わかった。じゃあ今日は家で果菜のしたいことしよう」

そのあたりの果菜の気持ちが伝わったかどうかはわからないが、遼はそう言うや否や、果菜を下から抱きかかえるようにして持ち上げた。

「わ」

急に目線が上がり、果菜は慌てて遼に抱き着く。

「ちょ、ちょっと遼さん。私、自分で歩くよ」

「いいよ今日は果菜は何もしなくて。俺が死ぬほど甘やかすから」

そのまま遼は果菜を抱きかかえ、ソファまで運ぶとそこにそっと下ろした。

それからの遼はかいがいしかった。デリバリーで果菜の好きそうな食べ物や飲み物をたくさん頼むと、それをテーブルに並べ、果菜のリクエストを聞いて面白そうな映画を動画配信サービスの中からセレクトして再生した。そうしてそれを鑑賞しながら果菜を脚の間に座らせ、時には手ずから食べ物を果菜に食べさせるまでした。

「もう、遼さん。ひとりで食べられるよ」

「果菜は何もしなくていいって言っただろ」

横から甘ったるく囁いた遼が果菜の口元を舐める。どうやら口の端にさきほど食べたクリームパイのクリームがついていて、それを舌で舐めとったらしい。果菜は顔を赤くさせた。

「ここまでしなくても……」

「いいじゃん。むしろこれは俺がご褒美だったかもな。今日は好きなだけ果菜に触れられる」

遼は果菜を後ろから抱きすくめるようにすると、首筋に顔を埋《うず》め、そこに唇を押し付けた。

ちゅ、ちゅと肌の薄い部分を啄まれて、ぞわりとした感覚が広がる。

「ん……やだ」

鼻にかかった声が唇から漏れて、果菜は思わず口元を手で押さえた。

「なんで押さえるんだよ。最近してなかったし、今日はこっちもいっぱいしような」

言いながら遼は、着ているカットソーの裾から手を入れてこようとしている。それに果菜は驚いた。

「え……今から？」

果菜は驚きの声を上げた。一応まだ午前中であたりは全然明るい。そういうことをするには明るすぎる気がした。

「仕方ないだろ。果菜に触れていると俺も我慢できなくなるんだから」

悪びれもなく言った遼は、果菜の顔を横に向かせながら首を傾けてキスをした。

「母親になっても何をしていても、果菜はいつも可愛い。いつでもどんな時でも好きだよ」

そう言うと、遼はふっと笑った。その笑みはとても甘くて、最近そういう遼がご無沙汰だった果菜は何だか照れてしまう。

「私も……好き」

だけど果菜は恥ずかしさを堪えてそう返した。そうして身体を捻ると、遼に向き直って抱き着いた。

それからキスを強請るように顔を近付ける。

今日は貴重な日だ。照れてなんていられないと思ったのだ。

そうしてこの日、遼と果菜は今までの分を取り戻すかのように、思う存分いちゃいちゃしたのだった。

終

あとがき

はじめまして、こんにちは。木下杏と申します。

この度はたくさんの本の中からお手に取っていただきありがとうございます。

ベリーズ文庫さままでは、初めて書かせていただきました。少しでも面白いと思っていただけたら、こんなに嬉しいことはございません。

このお話は『契約結婚』がテーマでして、うっかり契約結婚の相手を好きになってしまったヒロインの果菜が離婚を阻止するべく、契約期間を延長しようと頑張るお話です。

本当はお互いが同じ気持ちなので頑張る必要はないのですが、結婚時にお互いに特別な感情は持たないと取り決めてしまったためそれがふたりを縛ります。変な横やりが入ったりもしますが、それを乗り越えて心を通わせていくふたりを、少しでも楽しんでいただけたら嬉しいです。

余談ですが、作中にはいくつかホテルが出てきます。書く際に部屋の雰囲気を知るために写真を見まくっていたら、自分もホテルに泊まりたい欲が出てきてしまいました。一段落ついたら、頑張ったご褒美にちょっと良いホテルで優雅に過ごすのも悪くないかな……最近は日々妄想しています。

今作のイラストは、篁ふみ先生にご担当いただきました。大変美しくずっと見ていたいぐらいお気に入りです。ヒロイン果菜の可愛さはもちろんのこと、ヒーロー遼のクールなイケメン具合がとっても素敵です。篁先生、本当にありがとうございました。

最後になりますが、本作の担当編集様、出版に関わってくださった皆様、本当にお世話になりました。この場を借りてお礼を言わせてください。色々とサポートいただきありがとうございました。

なにより、読んでくださった読者さま、本当にありがとうございました。感謝の気持ちでいっぱいです。心よりお礼申し上げます。

またどこかでお目にかかることができましたら幸いです。

木下杏《きのしたあんず》

木下杏先生への
ファンレターのあて先

〒104-0031
東京都中央区京橋1-3-1
八重洲口大栄ビル7F
スターツ出版株式会社　書籍編集部　気付
木下杏先生

本書へのご意見をお聞かせください

お買い上げいただき、ありがとうございます。
今後の編集の参考にさせていただきますので、
アンケートにお答えいただければ幸いです。

下記URLまたは二次元コードから
アンケートページへお入りください。
https://www.ozmall.co.jp/enquete/IndexTalkappi.aspx?id=2301

離婚まで30日、冷徹御曹司は昂る愛を解き放つ

2024年7月10日　初版第1刷発行

著　者　木下杏
©Anzu Kinoshita 2024
発行人　菊地修一
デザイン　hive & co.,ltd.
校　正　株式会社鷗来堂
発行所　スターツ出版株式会社
〒104-0031
東京都中央区京橋1-3-1　八重洲口大栄ビル7F
TEL　03-6202-0386（出版マーケティンググループ）
TEL　050-5538-5679（書店様向けご注文専用ダイヤル）
URL　https://starts-pub.jp/
印刷所　大日本印刷株式会社

Printed in Japan

乱丁・落丁などの不良品はお取替えいたします。
上記出版マーケティンググループまでお問い合わせください。
定価はカバーに記載されています。

ISBN 978-4-8137-1609-9　C0193

ベリーズ文庫　2024年7月発売

『失恋婚!? ～エリート外交官はいつわりの妻を離さない～』佐倉伊織《さくらいおり》・著

都心から離れたオーベルジュで働く一華。そこで客として出会った外交官・神木から3ヶ月限定の"妻役"を依頼される。ある政治家令嬢との交際を断るためだと言う神木。彼に惹かれていた一華は失恋に落ち込みつつも引き受ける。夫婦を装い一緒に暮らし始めると、甘く守られる日々に想いは膨らむばかり。一方、神木も密かに独占欲を募らせ溺愛が加速して…!?

ISBN 978-4-8137-1604-4／定価781円（本体710円＋税10%）

『不本意ですが、天才パイロットから求婚されています～お見合いしたら容赦ない溺愛に包まれました～【極甘婚シリーズ】』田崎《たさき》くるみ・著

呉服屋の令嬢・桜花はある日若き敏腕パイロット・大翔とのお見合いに連れて来られる。断る気満々の桜花だったが初対面のはずの大翔に「とことん愛するから、覚悟して」と予想外の溺愛宣言をされて!?　口説きMAXで迫る大翔に桜花は翻弄されっぱなしで…。一途な猛攻愛が止まらない【極甘婚シリーズ】第三弾♡

ISBN 978-4-8137-1605-1／定価781円（本体710円＋税10%）

『バツイチですが、クールな御曹司に熱情愛で満たされてます!?』高田《たかだ》ちさき・著

夫の浮気によってバツイチとなったOLの伊都。恋愛はこりごりと思っていたある日、高級ホテルで働く恭弥と出会う。元夫のしつこい誘いに困っていることを知られると、彼から急に交際を申し込まれて!?　実は恭弥の正体は御曹司。彼の偽装恋人となったはずが「俺は君を離さない」と溺愛を貫かれ…！

ISBN 978-4-8137-1606-8／定価781円（本体710円＋税10%）

『愛に目覚めた凄腕ドクターは、契約婚では終わらせない』緒莉《おり》・著

小児看護師の佳菜は病気の祖父に手術をするよう説得するため、ひょんなことから天才心臓外科医・和樹と偽装夫婦となることに。愛なき関係のはずだったが――「まるごと全部、君が欲しい」と和樹の独占欲が限界突破！　とある過去から冷え切った佳菜の心も彼の溢れるほどの愛にいつしか甘く溶かされていき…。

ISBN 978-4-8137-1607-5／定価770円（本体700円＋税10%）

『契約結婚、またの名を執愛～身も心も愛し尽くされました～』山野辺《やまのべ》りり・著

OLの希実が会社の倉庫に行くと、御曹司で本部長の修吾が女性社員に迫られる修羅場を目撃！　気付いた修吾から、女性避けのためにと3年間の契約結婚を打診されて!?　戸惑うも、母が推し進める望まない見合いを断るため希実はこれを承諾。それは割り切った関係だったのに、修吾の瞳にはなぜか炎が揺らめき…！

ISBN 978-4-8137-1608-2／定価781円（本体710円＋税10%）

ベリーズ文庫　2024年7月発売

『離婚まで30日、冷徹御曹司は昂る愛を解き放つ』木下《きのした》 杏《あんず》・著

ＯＬの果菜は恋愛に消極的。見かねた母からお見合いを強行されそうになり困っていた頃、取引先の御曹司・遼から離婚ありきの契約結婚を持ち掛けられ…!?　いざ夫婦となるとお互いの魅力に気づき始めるふたり。約束1年の期限が近づく頃――「君のすべてが欲しい」とクールな遼の溺愛が溢れ出して…!?

ISBN 978-4-8137-1609-9／定価781円（本体710円＋税10%）

『怜悧な外科医の愛は、激甘につき。～でも私、あなたにフラれましたよね?～』夢《ゆめ》野《の》美《み》紗《さ》・著

高校生だった真希は家族で営む定食屋の常連客で医学生の聖一に告白するも、振られてしまう。それから十年後、道で倒れて運ばれた先の病院で医師になった聖一と再会!　そしてとある事情から彼の偽装恋人になることに!?　真希はくすぶる想いに必死で蓋をするも、聖一はまっすぐな瞳で真希を見つめてきて…。

ISBN 978-4-8137-1610-5／定価781円（本体710円＋税10%）

ベリーズ文庫 2024年8月発売予定

Now Printing

『メガネを外すと彼は魔王に豹変する【極上双子の溺愛シリーズ】』滝井《たきい》みらん・著

日本トップの総合商社で専務秘書をしている真理。ある日、紳士的で女子社員に人気な副社長・悠の魔王のように冷たい本性を目撃してしまう。それをきっかけに、彼は3年間の契約結婚を提案してきて…!? 利害が一致した愛なき夫婦のはずなのに、「もう俺のものにする」と悠の溺愛猛攻は加速するばかりで…！

ISBN 978-4-8137-1617-4／予価748円（本体680円＋税10%）

Now Printing

『名ばかりの妻ですが、無愛想なドクターに愛されているようです。』雪野宮《ゆきのみや》みぞれ・著

シングルマザーの元で育った雛未は、実の父がとある大病院のVIPルームにいると知り、会いに行くも関係者でないからと門前払いされてしまう。するとそこで冷徹な脳外科医・祐飛に出くわす。ひょんなことから二人はそのまま「形」だけの結婚をすることに！ ところが祐飛の視線は甘い熱を帯びてゆき…！

ISBN 978-4-8137-1618-1／予価748円（本体680円＋税10%）

Now Printing

『御曹司×社長令嬢×お見合い結婚』惣領《そうりょう》莉《り》沙《さ》・著

憧れの企業に内定をもらった令嬢の美汐。しかし父に「就職するなら政略結婚しろ」と言われ御曹司・柊とお見合いをすることに。中途半端な気持ちで嫁いではダメだ、と断ろうとしたら柊は打算的な結婚を提案してきて…!? 「もう、我慢しない」――愛なき関係なのに彼の予想外に甘い溺愛に囲われて…！

ISBN 978-4-8137-1619-8／予価748円（本体680円＋税10%）

Now Printing

『三か月限定!? 空飛ぶ消防士の雇われ妻になりました』一ノ《いちの》瀬《せ》千景《ちかげ》・著

ホテルで働く美月は、ある日火事に巻き込まれたところを大企業の御曹司で消防士の晴馬に助けられる。実は彼とは小学生ぶりの再会。助けてもらったお礼をしようと食事に誘うと「俺の妻になってくれないか」とまさかの提案をされて!? あの頃よりも逞しくスマートな晴馬に美月の胸は高鳴るばかりで…。

ISBN 978-4-8137-1620-4／予価748円（本体680円＋税10%）

Now Printing

『敏腕パイロットは最愛妻を逃がさない～別れたのに子どもごと溺愛されています～』黒乃《くろの》梓《あずさ》・著

シングルマザーの可南子は、ある日かつての恋人である凄腕パイロット・綾人と再会する。3年前訳あって突然別れを告げた可南子だったが、直後に妊娠が発覚し、ひとりで息子を産み育てていた。離れていた間も一途な恋情を抱えていた綾人。「今も愛している」と底なしの溺愛を可南子に刻み込んでいき…!?

ISBN 978-4-8137-1621-1／予価748円（本体680円＋税10%）

タイトル、価格等は変更になることがございますのでご了承ください。

ベリーズ文庫 2024年8月発売予定

Now Printing

『警察官僚×契約結婚』 花《はな》木《き》きな・著

ある日美月が彼氏と一緒にいると彼の「妻」を名乗る女性が乱入！　女性に突き飛ばれた美月は偶然居合わせた警察官僚・巧に助けられる。それは子供の頃に憧れていた人との再会だった。そしてとある事情から彼と契約結婚をすることに!?　割り切った結婚のはずが、硬派な巧は日ごとに甘さを増してゆき…！

ISBN 978-4-8137-1622-8／予価748円（本体680円＋税10%）

Now Printing

『出戻り王女の政略結婚』 三沢《みさわ》ケイ・著

15歳の時に政治の駒として隣国王太子のハーレムに送られたアリス。大勢いる妃の中で最下位の扱いを受けて7年。夫である王太子が失脚&ハーレム解散！　出戻り王女となったアリスに、2度目の政略結婚の打診が!?　相手は"冷酷王"と噂されるシスティス国王・ウィルフレッド。「愛も子も望むな」と言われていたはずが、彼の瞳から甘さが滲み出し…!?

ISBN 978-4-8137-1623-5／予価748円（本体680円＋税10%）

タイトル、価格等は変更になることがございますのでご了承ください。